桃园·枣

废名　著

泰山出版社·济南·

图书在版编目（CIP）数据

桃园·枣 / 废名著. -- 济南 ：泰山出版社，2024.
9. --（中国近现代名家短篇小说精选）. -- ISBN 978
-7-5519-0874-0

Ⅰ. I246.7

中国国家版本馆CIP数据核字第20241M72Y6号

TAOYUAN · ZAO

桃园·枣

责任编辑 王凌云

装帧设计 路渊源

出版发行 泰山出版社

社　　址　济南市泺源大街2号　邮编　250014

电　　话　综 合 部（0531）82023579　82022566

出版业务部（0531）82025510　82020455

网　　址　www.tscbs.com

电子信箱　tscbs@sohu.com

印　　刷 山东通达印刷有限公司

成品尺寸 140 mm × 210 mm　32开

印　　张 4.5

字　　数 100千字

版　　次 2024年9月第1版

印　　次 2024年9月第1次印刷

标准书号 ISBN 978-7-5519-0874-0

定　　价 29.00元

凡　例

一、本书收录了作者的经典短篇小说，主要展现了作者的思想情感、审美取向与价值观念，以及当时的时代风貌等。

二、将作品改为简体横排，以适应当代的阅读习惯。原文存在标点不明、段落不分等不便于阅读之处，编者酌情予以调整。

三、作品尽量依照原作，以保持原作风格及其时代韵味，同时根据需要，对原文进行了适当的删减和订正。

四、对有些当时惯用的文字，如"的""地""得""作""做""哪""那""化钱""记帐"等，仍多遵照旧用。

目　录

桃　园

张先生与张太太

张太太现在算是"带来"了——带来云者，意思是归张先生带到北京来。但按之实际，乃太太的公公送太太来的。

张先生在北京某大学当教授。

张太太的本意倒情愿就在乡里过下去，而左邻右舍姑娘婆婆都是喜欢问："你怎么不跟你的张先生一路去呢？"张太太的回答是："交了春就去。北京不比我们这里，很冷。""就去。"所以就来了。

太太的公公却又别有心事：北京婊子多，他的少爷还很年青。

这位老太爷其实是多心，张先生是一个笃行谨守之士。

张太太生得很好看。姑娘婆婆们那么问她，一半也就因为她好看。张先生自己，教课之余，也时常想起他的太太——他死心踏地的承认他的太太是好看。屡次在上海《时报》画报上看见许多明星，就想到他的太太没有照片。伴之而生的是惘然——这个惘然，自然不是惘然于没有，要有，很容易，家乡所在的地方，虽然不是大镇市，但算得一个镇，照像馆是有的。他惘然于他的太太不能有照片，因为太太一双小脚。

人世间倘有伤心的事，张太太的小脚对于张先生真是伤心。

照像可以照半身，张先生自然会知道，他所看见的明星，多半是半身，因为半身，格外"美"——译张先生之beautiful。去年暑假回乡，张先生坐在火车上，还自己对自己发笑："怪不得张雨帅有时候要亲自入关，有许多事真非亲身出马不可。"立刻又换了一个思想："张雨帅也是姓张，哈哈——章孤桐称章太炎为吾家太炎——是吾家？是吾兄？记不清白——章，张，一个音。"……

总之张先生去年回家，决心要引他的太太去照一张半身像片。

但张先生竟因此同张太太起了冲突。

张太太有一个三岁的女儿——这句话欠通，女儿岂是张太太一人的？但这且不管。张先生那天夜里对太太提议：

"明天我引你去照像，照一个半身像。"

说时只有自己觉得自己可怜。

张太太是一个聪明人，从小就称为淑女，不过识不得字。答话只轻轻的一句：

"我也多时说照哩。"

说时很自惭，觉得对不起张先生。女儿金儿夹在怀里。

"我说我同金儿两人共照一张好，金儿坐在我脚下。"太太慢慢的又说。

"不，金儿要照另外照一张，小孩子就照全身。"

中间颇经了好大的工夫，总之张太太现在是发恼：

"我不照！当我死了！"

"……"

"我再也不要我的金儿裹脚！"

这句话并没有说出，只是这么想。大概人总是不大肯示弱的。然而张太太眼泪汪汪流。

可惜金儿不多时死了。

张太太也无时无刻不是想把脚大起来的——我忽然联想到芥川龙之介的《鼻子》，不过那是想缩小。但张太太知道决不能大。

张太太到了北京。

到京的第二天，吃过午饭，张太太想洗脚——这简直比一路上上火车、搭轮船还要令她为难！她记起张先生曾经对她说过，"北方的女人不洗"，但这不成问题，她是南方人，而且她此刻要洗的是"脚"。张先生自从接到老太爷的信说某月某日送媳妇来，就雇定了一个妈子，这妈子正是张太太乡间所谓的"洋船脚"。张太太自恨不如这一个妈子！洋船脚还可以想办法修理。妈子伺候太太非常的周到，不能知道太太要洗脚。太太知道炉子上有的是热水，比在家里连洗脸也怕多舀了一点方便得多！但张太太很为难。一直到张先生回来，说：

"唉，你太老实，你只要喊一声王妈就得了。"

张先生后悔这个"得了"不该说，太太还只昨天到，怎么会懂得"得了"？太太倒懂得，张先生虽是京话，而是乡音。

张太太的洗脚水终于还是张先生喊来的。

张太太是电灯之下洗脚，她说不要亮，公公靠在隔壁客房里沙发之上，开言道：

"你这个孩子，还是同在家一样舍不得，这里舍不得什么呢？"

这一说，张先生同张太太在这一边噤若寒蝉了，两眼对两眼。

张太太的鞋带子还没有解散。

张先生的卧房分作两间，一间睡觉，一间放脸盆洗脸，此刻就是张太太洗脚的地方。张先生踱到睡觉那一间去了，张太太赶快解散洗，可怜，汗流夹背——她怕她的张先生又走进来。张先生在大学教课，尝是提起近代小说上的psychologic analysis，所以很懂得——总之张先生没有进到那间去，床面前踱来踱去，他几乎要哭，他的太太使得他难过。

不过两个钟头的光景是睡觉的时候。

张先生很想他的太太解开脚布睡，更明白的说，赤脚睡。

张太太到底是乡下人，而且不能看小说，她不能懂得她的张先生，不然她一定自己首先解开脚。（最好是洗脚之后不再裹，上床去睡。）她感谢张先生感谢得要哭，只要她能够做得到的事什么也做。

张先生拥被而坐，开口：

"我说你今天把脚布解开睡。"

"那不好。"张太太在脱鞋，轻轻一句。

立刻又都是噤若寒蝉。

张太太此时倘若阎王叫她死，她决然是死，她觉得她到了不可挽回的地步了。她知道她的话是属于"不"那一面，而张先生又再无言语！答应是而且解了，马上可以钻到被里去，也算是听了张先生的话，两人都欢欢喜喜的！

张先生也在那里深深的感到失望的痛苦。他的失望的痛苦比看破了人生无意义还要利害。他觉得他完全是一个 Pessimist。

两点钟以前，太太脚洗完了，他踱到自己的书房去，瞥了一瞥书桌上镜子嵌着的罗丹的 *The Bather*——这是艺术品，张先生在他的下意识里面也承认。进去而又走出，因为他要驱掉 *The Bather*，只有自己走开。他不愿他的太太与 *The Bather* 联在一起，那就叫做不懂得艺术。果然，*The Bather* 驱掉了，"讨厌的是裹脚布！"想。有了裹脚布，张先生与张太太之间有了一层间隔，虽然是局部的，总是间隔。

他觉得他是一个 Pessimist，渐渐连"觉得"也没有了，近于"死"。

太太睡下去了，张先生不自觉的touch一下——张先生真要哭，他是一个胜利者！

约莫有了一刻钟，张太太脱了鞋，坐在床沿，手抚着，眼泪滴着，都在脚布之上——自然，那里还有声音？最后五分钟，一层一层的解，正同唱戏的刺穿了肚子，肠子一节一节的拖出来一般模样。

第三天张先生同张太太逛市场。

其实这也是张先生自己提议，张太太则曰不出去。老太爷从旁道：

"怎么说不出去呢？出去也看一看。"

张先生立时又想："父亲，你引去看一看也好。"立时这句老话油然而生："丑媳妇总要见公婆的面。"老太爷同太太都站在他的面前——丑字实在不能用在太太的面孔之上。张先生在心底里叹气。

张太太逛市场，等于逛北京全城，左顾右盼——她的脚简直是为来逛市场用的，慢慢的看。张先生从来没有这样"waste time"！他何须乎那么慢慢的走，慢慢的看呢？——慢慢的走，是的，慢慢的看，不然，张先生是视而不见。

最使得张太太惊喜，同时也带一点鄙夷的，是男男女女之中的一个女人。"梳那么一个头！"太太心里笑，找不出名字来称呼这么一个头。张先生完全用乡音凑近太太的耳朵道：

"这就是旗人婆子。"

太太会意。

旗人婆子已经走到张太太的面前了——旗人婆子也没有裹脚！

旗人婆子的脚好比一把刀，拿起尖锋对张太太，说她刚才不该笑她。

张先生走进中西药房了，太太自然也跟着进去。张先生指着玻璃架上的一个瓶子叫店伙拿。

张太太知道这是药铺，他们乡里也有卖洋药的。她很欢喜。公公昨天对她的张先生道：

"你有点咳嗽，既不信中医，买鱼肝油吃一吃。"

张先生同在家一样信服老太爷的话，何况是买鱼肝油，补剂，所以张太太很欢喜。

张先生识得字，用不着说话，两瓶共付七毛。店伙拿绳子捆。

"回见。"店伙送出门。

张先生点头。

不识字的人有时也尝得大欢喜。药瓶上面粘了纸单，既有定价，亦有说明，横着三个四号字是"放脚水"。

市场的照像馆又引起了张太太的隐痛，同时也就引起了张先生的隐痛。张先生笑容可掬的指着叫太太看，太太也就笑容可掬的——

"看见了。"

那么一个大镜框子嵌着怎不会看见呢？张太太伸起脖子来仔细的看，她从来没有看见这么一个好看的女人！这女人总一定是"天足"——这两个字她的张先生说过不只一次，但天足看不见，给那戏台上一般的衣服遮住了。张太太的眼前顿时也现出一线的光明——这光明正如风暴夜的电光，立刻又格外黑暗！穿这样的衣服去照像她做不到。张先生一声：

"这就是梅兰芳。"

太太点头。但这倒不比"得了"能够懂得。总之梅兰芳一定是一个有名的女人。

张先生同张太太回寓，老太爷把接到了不过一会儿的一封信交给张先生看。老太爷原拆开看过，道：

"聚餐会来的。"

老太爷虽然这么说，也同媳妇不懂得梅兰芳一样不懂得聚餐会。

　　张先生接在手上看——

　　启者本月二十六日（星期六）下午六钟本
会同人假座来今雨轩欢迎周郁文先生及其夫人
新自欧回。届时务请拨冗贲临此上。
　　张祖书先生
　　聚餐会谨订

张先生不禁惘然。

　　　　　　　　　　　　　　　　一九二七年三月

　　原载1927年3月25日《语丝》第124期，署名废名

文学者

学园公寓——自然是学生的公寓，而且是大学生，有自命将来做一个文学家者，有自命为数学家者，种类繁多，等而下之，则是自认没有多大的奢望，只想当一个律师。

秦达材是文学家之一，不过对于他，将来二字要取消，已经是，因为他做了很多的诗，一大半都发表了，批评家说是水平线上之作。

秦达材仰在藤椅上抽烟卷。他想起了一个诗题，抽一抽烟再写。那边将来的数学家也在那里歌咏，达材听去是——

春光好比少年时，少年须爱惜。

达材摆头，那个家伙到底是学数学的，唱这中学生唱的歌，平凡的歌。但无论如何这歌给了达材一个"烟士披里纯"，不然他决不会丢开烟卷立刻去动笔。

达材的诗也是咏春的，他刚刚从公园里游了回来。题目写下来是：

春之王宫

写了题目，他计画一计画，怎样描写一个少女，这少女是怎样美，这春之王宫……

达材的房门推开了！他把稿纸一把抓了！——一看却是程厚坤。

"迟不来，早不来，我的诗兴来了你也来了。"

"你总是诗，我就看不起诗。"

"要个个同你一样就好！——开口也是柴霍甫，闭口也是柴霍甫！"

程厚坤是秦达材的同志，不过他喜欢做小说，而且早已是文学士。

"我这几天倒是看莫泊三。"程厚坤坐下了，说。

"喂，你今天晚上不要出去，我到你家去，借一本书。"

"我有什么书你借呢？"

"我想把那篇东西拿来看看，我曾经看过两遍——高尔该的一篇小说。"

"你怎么想到看小说？"

"那篇东西倒还有点意思——《他的情人》。"

"哈哈哈！哈哈哈！"

程厚坤这么笑，笑得拍起掌来了。

"你这才是有鬼！仔细笑死了！"达材愕然。

"哈哈哈！"

程厚坤更站起来笑，瞧着达材的脸上笑。

"我说这几天怎么没有见你出来，原来——铁利沙！"程厚坤瞧着达材的脸只管点头。

达材知道再是镇静也不中用的了，他自己早已走漏了消息。

"在那一间屋子里？指把我瞧瞧，让我来估定一估定。"程厚坤用了很细的声音说。

"此刻出去了。"

秦达材同程厚坤，同志又同乡，非常亲密。一个礼拜以前，学园公寓新来了一位女主顾，达材跑到厚坤家去，道："我告诉你一个好消息，我们公寓里现在有了'密司'！"厚坤那时正在执笔，连忙丢下："真的吗？""不是真的那是假的？只可惜，可惜丑得要死，丑得叫人怕。""那你就不要说！"厚坤又掉过头去执笔。

"然而，然而，聊胜于无。"达材见厚坤一心写，自己只有走了。直到此刻两人会面。

"明天我再来看，现在我两人一路到中央公园去逛逛——礼拜日做什么诗呢！"

"我刚在那里回来——你不信，我把我摘回的丁香花把你看。"

"再去又何妨，我买票——说不定此一去铁利沙也在那里！"

"回来了！回来了！"

达材立时颇像一个乌龟，两只手那么一探，细声的说，笑。

这是因为皮鞋响。学园公寓穿皮鞋的虽然不只一个，来客即如程厚坤也是穿皮鞋，但这个皮鞋的声音达材有了经验。

程厚坤的观察力很敏锐，他已经瞥见窗纸上有一个破洞，一只眼睛已经填满了那一个破洞。

达材却想到门外去看一看，门外去看一看厚坤，看窗纸那边到底看不看得见——这是实验。他每次从这破洞向外窥望的时候，总有点害怕，——外边看见了他！

"密司"的眼睛明明是朝这里看！尤其增加了他的害怕是昨夜，昨夜睡觉之先，他站在门口，看见"密司"站在她的房内，大概是伸懒腰，影子映在窗纸上！

达材没有出去。出去又怕有有意出来的嫌疑。

厚坤掉过身来，完全是乌龟的样子，两只手抬得挨近了两个耳朵，两只脚半蹲着，闭在肚子里笑——

"亏你，亏你还要谈！——铁利沙未必真是这个样子！"

达材顿时有几分懊丧——同时也可以说安稳了许多，原因是一个：他的对面住的"密司"。昨天他也自己宽慰了自己一番，不过他不以为是宽慰自己，是愤"她"：中国的女人连铁利沙也不配做！铁利沙是如何的大胆，如何的求爱，固意去找人写信！"中国革命一定不能成功！"说出口的却是这样一句。

"你晓得她姓什么叫什么不呢？"厚坤又恢复原状，问。

"那从何而晓得呢？"

"你问一问伙计。"

厚坤简直是站在侧边说风凉话！女人的名姓怎么好问伙计？如可问，达材早问了。他大前天就用尽了心思把自己介绍过去——说来抵得一首情诗，那时"密司"站在她的门口，邮差送信进寓，喊秦达材，达材出房道，"我的。"并且说，"有秦白华的信也送到这来，秦白华就是我。"达材在报纸上发表诗，都是署名秦白华。

"不管她是什么，我们就叫她叫'铁里渣'。"

"……"

达材不知怎的又有点愤！

"你说你到中央公园去，你去罢！我要做我的事，不要在这里胡闹！"

"干吗发恼？老程并不同你吃醋——哈哈哈。"

"混帐！混帐！滚！滚！"

"哈哈哈——老程要替你写一篇小说。"厚坤又瞧着达材的脸点头。

"你再说我就是一拳！"

奇怪，达材的眼睛颇晶晶然！而厚坤毕竟是柴霍甫之徒，富有同情，慢慢又就位，道：

"真的，不要吵，吵得别人屋子里不能用功。"

达材也坐下了他的藤椅，擦一根洋火，抽烟。厚坤是不抽烟的，所以也无所用其客气。

"你这几天接到家信没有？"

"谁接到？打他妈的什么鸟仗，害得老子一个多月没有接到信！"

"目下还不要紧，你还有钱用，过些时钱用完了，那才真是他妈的，我又不能借——"

"伙计！伙计！"

"铁里渣"却无缘无故的喊伙计！

"声音倒还不错。"

厚坤又轻轻的说，笑，站起来——眼睛又填了破洞。

"声音倒还不错"，厚坤这几个字在达材的脑子里旋转了一周。达材初次同这位"密司"认识，不是面孔，正是这声音。"女人的声音总好听"，昨天还是这么想，虽然好听的程度不免减少了几分。有时不惟不减少，反而更加力量——这不是"客观的"，是"主观的"，达材自己也是这样说。因为那时"密司"的房子里没有灯，然而咳嗽，当然是睡在床上呵，睡在床上，安得而不更加力量？达材感到他真是不得了，也就在这时候；白天里还多少羼了一点好奇的份子进去，望一望自然是好，不望也过得去。这个咳嗽——不只是一个咳嗽！达材更想，何以故呢？恰恰当达材在灯下开口读诗，读Shelley的诗！倘如此，为什么当着邮差面前介绍"秦白华"又似

乎没有听清楚就撤身进去了呢？老不见她的眼睛向这边
瞧！从破洞里去窥她，她则瞧！叫达材害怕。达材真是
"卑之毋甚当高论，"那么一个丑货！他甚至于把自己
屈服到这样：她上茅房倒痰盂——这痰盂里一定是尿！
他想倘若这时他正坐在茅房里那才好。而且"尿"字联
想到"喝"字——虽然不敢说秦白华喝尿，"喝"这一
回事确想到了。男女同厕，自然最妙不过，多有"邂
逅"的机会——最初只是这个意思，形成这两个字，
颇有几秒钟的时间——但在可怜的中国，那能谈到这
一层？…………

　　厚坤此一瞧，算是瞧清楚了，掉过身来，不笑，只
微带笑容，细声对达材道：

　　"'相君之背'，确实要得，姿势很不错。"

　　"无论如何比你的老婆强！"

　　"你这才牵扯得岂有此理！就是如今的法律也没有听
说株及九族！"

　　"好好，我道歉——你仔细看她的脚，走路，姿势
更好。"

　　"高底鞋我不喜欢——如今的女人真是莫明其妙，高
底鞋！"

"很有点天真烂漫，清早起来喊伙计打水，我看她并没有穿袜，拖鞋走出来。"

"铁里渣"在学园公寓门口买花生吃！

程厚坤回家。

达材想了一想，去送厚坤？——已经走到了门口。

达材如入五里雾中，手足无所措——当然只有望着厚坤喊：

"喂——今天晚上我到你家来。"

喊出了"喂"，实在接不下去，幸而有那一句。

"你来！你来！我替你把那本书找出来！"

达材只得又进去。

这回她实在瞧了他，在那里站着剥花生。他也实在看见了她瞧他。

以后不知怎样，达材进房的时候是摆头。

一九二七年四月

原载1927年4月16日《语丝》第127期，署名废名

晌　午

赵先生今天简直不舒服。

赵先生是属于快乐派的。他有爱人，有钱，一切都得意，又有天生的一副快乐脾气，喜欢说笑。所有赵先生的朋友，无论聚谈或宴会，赵先生不在场则不乐。赵先生总是那样善说善笑，笑得利害的时候眼睛里带出眼泪来了。倘若你是一个生客，凑巧也羼在一堆，你将很抱歉似的，以为赵先生笑得可怜。

赵先生的不舒服无人能够看得出，他的太太，或者说爱人，也看不出。赵先生的样子比平常更是活泼一些了。两人都是刚刚睡了午觉起来，穿着拖鞋。赵先生上身更只是一件短袖的汗衫，以他那样的尖下巴，长腿子，屋子里这头跳到那头，叫人想起了一个猴子。这间屋子同卧房相连，是赵先生的客房，来了客，赵太太马上可以搴起帘子钻到卧房里去。陈设很简单，而且颇腌脏，地板上堆了许多香蕉壳。铺了台布的长方桌摊着一份《光报》，今天的，每天大早照例是看完报再洗脸，但还没有检开。

赵先生跳到门槛外对着一棵槐树行深呼吸，因为树阴遮了太阳，空气很是凉爽。太太歪坐在一把藤椅上，望着赵先生笑道：

"你这又是打什么拳？"

赵先生正在两膀下垂，尽量的出尽气，所以并不答。忽然掉过身来，伸着指头对太太一指——

太太顿时愕然，以为得罪了赵先生。赵先生的话是来得那么快，很像指责的神气。

"哈哈哈。"

赵先生觉得可笑，笑得把长腿子弯下去了，两个巴掌顺着膝头一拍。

"嗳哟！嗳哟！"

巴掌拍痛了。虽然是"嗳哟"，也还是笑，不过歪了嘴。

太太依然没有十分懂清楚赵先生的话同她所谓的"打拳"是差不多的意思，但心里释然了，知道是不外乎开玩笑的。

"我这句话有出处，看你记不记得？"

赵先生这样问，很高兴，半天的不舒服仿佛一时都给谁拿去了。太太也高兴于她自己的不懂，连忙摆头——

"不记得。"

"我的'凤姐'并不扭手扭脚！"

赵先生说着朝太太面前一窜，双手放到太太的腿上。太太是那么样坐，两个腿子交叉的向着上跷。

"不要乱动，你把你的出处说出来我听。"

赵先生道：

"你说你从前就读过三遍，怎么这一句话也不记得？这是贾琏问王熙凤的话！——再记得吗？"

太太还是摆头，笑。赵先生又拿起他的巴掌叫太太瞧。

"实在打疼了，你看。"

"谁叫你自己打自己？"太太笑着把赵先生的一只手按在自己的颊上摩抚一摩抚。

太太走到卧房去了。赵先生坐下了椅子，自己又觉得是不舒服。

赵先生拿起烟卷抽。其实他是不抽烟的，烟摆在

那里招待客。所以他这一抽是无意识的动作。烟都从鼻
孔里喉咙里滚出来了，赵先生半闭了眼睛望着它滚。这
样也就奏了效，说得上是舒服。徒徒只有一个不舒服之
感，同烟一样，轻轻的，飘飘然，不要得到落地——赵
先生努力想如此。不舒服却又要进一步追问自己："为什
么这样不舒服呢？真正岂有此理！"则真有点讨厌。唉，
何以遣此有涯之生？……

赵先生突然是这样一叫：

"下贱的东西！陈振声不是我的好朋友吗？"

其实并没有听见赵先生的声音。

那么，赵先生明明知道他的不舒服之故了？然而到
底不肯相信。不相信还是不舒服。

赵先生终于来试验一下——试验二字恐怕不十分
正确——同抽烟一样也归到无意识的动作呢？又嫌远于
事实，因为这一动作，下巴凑近桌子斜了眼睛瞧那一张
报，连这一次是第三次了。

眼光是不费丝毫之力落在这一个电报上面——

本报K专电陈振声任公安局长

赵先生舒服得很。刚才的不舒服不见得还是那样，所以舒服得很。那么赵先生的不舒服完全与"陈振声任公安局长"无关了，于是乎再瞧！偏了脑壳瞧……

陈振声三个字简直不像！公安局长是警察厅长！

这时赵太太又走到跟前，拍一拍赵先生的肩膀道：

"你翻出来我看！"

"干吗？"

赵先生未免吃了一惊，抬头，接过太太双手递给他的两本书。这应该一见就知道的，亚东本的《红楼梦》，放在赵先生、赵太太的床头好久好久（赵先生平常不喜欢人家的太太怀抱里抱着叭儿狗，他同他的太太的相当的心爱物只是《红楼梦》），但赵先生对着书脊上的三个金字认了一认，而且念：

"红楼梦。"

"那句话我翻一半天没有翻着，你翻。"

赵先生就没精打采的翻，翻而已。太太的下巴搭住赵先生的肩膀，身子半弓着。

"嗳哟，怪热的！……"

太太也嗳哟起来了！赵先生那么一叹，同时肩膀也朝那边一挪，太太不防鼻子撞上了桌角。

赵先生不觉站起，书捧在手上，眉毛打皱。太太低着脑壳自己抚摩自己。

"今天真是有鬼！"赵先生说。

"伤了没有？"赵先生又说。

"没有什么。"

太太抬了头，柔和的笑一笑。

两人再各坐下了一把椅子。

"革命革得自家做起官来了！这样革命革得成功吗？我不相信！"

赵先生突然这样正言厉色。

"你说谁？"

太太的声音很轻。

"你不认识，我的一个朋友，陈振声！前年他到北京来，总是寻我揩油，陪他上馆子。"

"做什么官？在那里？"

"无问之必要。"

但连忙又补足——

"K公安局长。"

"那里的公安局长等于这里的警察厅长，是不是？"

"是。"

赵太太已经动了她的一点愤气，并没有听清楚赵先生的"是"。但她实知道那里的公安局长就等于这里的警察厅长。她愤于世界上有这样的官，专门禁止书籍出版！立刻又是喜，而且问：

　　"是你的朋友——你就把那本书拿到那里去再版，那当然不会禁止。"

　　赵先生没有答，对着太太瞧上一眼。眼珠子没有转，脑子则受了电气一般自己觉得是震动了。这里的警察厅长不能使赵先生愤——赵先生简直原谅他！说他是赵先生的朋友都可以。那本书——就是这那本书替赵先生赚了许多钱，赵先生宁可不再版！太太那样说，简直是打了赵先生一巴掌！

　　赵先生不舒服得利害。利害而却比早半天容易受得多，因为此刻全个身子都被不舒服镇住了，面对面的认识了，坐在椅子上，稳稳的。

　　"唉，革命——做官！"

　　这个确是替国家前途耽忧。因此赵先生的良心也着实得了安慰，完全舒服了。

　　聪明的太太看出了赵先生的耽忧，解劝道：

　　"官总要人做。你有时候太偏激。"

"你这话倒也对——我不做，他们也不做，世上就只有豆腐'干'！"

于是两人同时一笑。

太太慢慢又说：

"喂，我说你倘若把那本书上面那些插画都取消，或者不致于禁止。我想就是那许多的画惹得他们注意。"

赵先生一时没有答，《红楼梦》就在手边，翻着——翻着而已。

一九二七年六月

原载1927年6月18日《语丝》第136期，署名废名

石勒的杀人

我们镇上有一个八十岁的老和尚——算来是二十年前的事，现在他是否还健在，我没有回乡，不得而知。他最喜欢招我去听他讲故事，说他当初是一个长毛，后来怎样出家，一共打了几年几年仗，盾牌是怎样怎样的拿法。有一回他对我讲石勒的杀人，说是他在营盘里听见弟兄们讲的，今天我就借了我的笔述说他的话。

一少年，洛阳人，眼看当代一般士大夫都不中用，又不讲脸，他终日只是骑马射箭，上山打老虎。说是打老虎，回来却总是挟一匹两匹死兔。他看见了兔在草林里跑，别的事情便都忘记了，一心非打死兔不可。因此他得了一个射兔李广的称呼。人家这样叫他，多半还是笑他，笑他只会射兔，他自己倒默默的承受。可怜的兔伤了他的心，是因为王衍，王衍自比狡兔有三窟，这里失败了，可以到那里去。

一天他上东门玩，看见一个胡人平白的霹雳一叫，他就知道这胡人是一个了不起的人物。那时王衍也在那里走路，他是认得王衍的，虽然王衍认不得他。王衍对那胡人瞧了又瞧，随又走了。这胡人是石勒。他叫石勒赶快跑，否则要遭王衍的毒手。不过他没有告诉石勒要加害他的人是王衍。

这人后来投在石勒的部下当兵，帮了石勒许多忙，石勒对于他言听计从。石勒不肯违反他的意旨，不给他以高官显职，所以终其身是一个无名偏卒。我们在下文不好怎样称呼他，且称之曰洛阳人。

这天石勒把王衍这般人都活捉来了。

捉王衍的就是洛阳人。

王衍是从死人堆里捉出来的。他看了逃无可逃，钻到一堆死尸里去。晋家十几万将士都为石勒的箭所射死。洛阳人抓出王衍，见他衣服上染了许多血，眼睛一瞋，道：

"你怎么会有血？——溅死人的血！"

并无别话，带着走。

洛阳人以为王衍哭总会哭的——现在快要死了不哭吗？以他千悲万愤凝成的眼光回看一回看。

王衍想说话。

王衍的眼泪或者还当得洛阳人一看，英雄与奴才专就眼泪说，不能分出怎样的明暗。一看他是想说话，洛阳人的脑壳掉上前去，比盘马弯弓还要来得斩截。

日近黄昏，石勒的营幕战马啸得利害，洛阳人的眉毛也可以杀得人死！

王衍等等绑在一块。洛阳人去会石勒，见面共一声——

"杀！"

"杀是杀，将军要怎样杀？"洛阳人问。

"杀得痛快就是一刀！"

"将军呵，我们中国，多少仁人志士死在刀下，不能用刀。"

"那么山上有老虎，给老虎吃！"

"倘若这老虎有一日中了我们的箭，我们的箭也依然染了他们的血，箭不能用。"

石勒眉毛一皱——放逐到漠外去冻死他？立刻知道这不对，汉朝有名的苏武，胡人谁个不晓？而且容易伤洛阳人的心！

"饿死他！"

"唉唉，将军不知道伯夷，叔齐吗？那是饿死的！这样，饿死两个字读起来没有力量了。"

"投在水里淹死他！"

"将军越发说差了，屈原是投水而死！这样，河鱼不分贤不肖，只晓得是吃'人'！——人类有孤独者，要看重屈原的'独'字。"

"这叫我怎么办呢？我们有'要用草鞋底杀'的话，但那到底是气愤不过的说法——哈，有了，有了，你就把你刚才所说的这些人告诉那般东西，叫他们羞死！好吗？——喂喂，你哭什么呢？——这是怎么一回事？我从来没有看见你哭！"

"将军呵，他们都知道，……从古如斯……人的悲哀……"

"什么悲哀！我自有办法，去！"

王衍等等见了石勒，双膝跪下——

"大王……"

石勒霹雳一叫。

洛阳人在旁边号咷大哭——

"这都是我的国人！"

就在这当儿，一排墙倒下去了，洛阳人的话无人听清白。

从此石勒的营盘里不见洛阳人。

老和尚说到这里更加一句：现在史书上载石勒排墙杀王衍，是因为爱惜他，不忍加以锋刃，完全与石勒的为人不相称。

一九二七年三月

原载1927年4月1日《语丝》第125期，署名废名

追悼会

北山在那里做他的小说，猛然记起今天是三一八，笔停了，他似乎应该赴追悼会？——真的，他要赴追悼会。

"时光过得好快呵。"三一八使得他觉得时光过得快。何以故呢？就因为停笔，正在不写不行的时候停笔。去年三一八——不是三一八，是三一八的后两天，总而言之是三一八，他也是这样停了笔，停笔去送葬。时光过了一年。

会场上还没有什么人，死者的像片挂起来了。北山看见了是挂起来了，然而没有看像片。天是下着很大的雪。开会既还有待，北山到雪地里走走。他不冷，雪很好玩，他就在雪地里玩，活泼泼的想——说实话，他实在是活泼泼的，一点也不像赴追悼会的样子。

"雪呵，雪呵，你下罢，下得大大的，我总比你狠，你不能叫我不站在这里，你下得叫我的身上没有热，那我算是被你压服了。"

北山今年不知在那里弄得了一件外套，敢于这样夸口。

会场上人添了好多，北山又走进去，迎面一个朋友道：

"北山，你来了？我们今天请你演说。"

分明是来了，然而要问"你来了？"，北山好笑。演说则他做梦也梦不见这两个字。

"那不行，那不行。"北山连忙答。

"一定，一定。"

朋友也就走了。

北山不知道到底要不要他演说，万一真个要，同刚才对雪说话一样，随便说说就是。北山做小学生的时候很得意的登过一两回演台。

秩序单上有主席报告开会一条，果然，一个人走到台正中间桌子面前报告。北山坐在台下两三百个人当中听。北山没有看雪那么样的活泼了，不知是否怕把他拉上台去演说。他心里确在那里想，写出来就是演词——

"我的声音很小，要大家听我说话，实在对不起。但是，我们今天要声音吗？只要血！请看这些死者——"

北山这时看了一看像片。自然，北山是坐在台下仰头看，而他俨然是在台上掉头看，又掉过来——

"他们的声音在那里？我们能够对之而不面赤吗？这就是他们的血现在我们的面上……"

北山真个满身发热，没有想，想不下去。台上报告的是什么自然更只有让它是什么。渐渐又冷静下去了，讨厌主席的报告。"放屁放屁！赶快滚下来！"心里骂。报告的还是报告：

"……所以我们一方面哀悼，一方面还要努力……"

其实北山是若听见，若不听见。但他狠命的骂，"放屁！放屁！"

板凳上长了刺，北山坐不下去，这边一看，那边一看，两三百个人差不多被他看完了。有几个面孔是他平素所痛骂的"王八蛋"——他骂也总是骂给他自己听，有时一面走路，一面嘴在那里动。一见这几个面孔，许许多多黑脑壳当中只见他们有面孔，格外讨厌，骂："我不相信你们这般东西配追悼死人！"

北山接着是很利害的苦痛，他痛于自己的薄弱渺小；被骂者的灵魂此刻是飞在追悼会之上，未必不在那里照临北山，照临北山的薄渺弱小……总之北山有时也相信"性善"之说，这时就喊："苦呵，苦呵，苦的我北山呵。"

台上说话的掉了一个人，——主席什么时候下了主席之席？既然掉了一个人，北山听——

"刚才主席报告的……"

"放屁放屁！"北山简直恼得要冲破屋顶，同时又叹一声气，"不该来！"坐在家里写小说，难道就不配是北山？难道北山碰见了死者的鬼魂有什么抱歉不成？不知道是经了这么一想还是恼得利害了继续不下去，北山冷静了好多。台上没有掉人，北山心里晓得，眼睛倒没有清清楚楚的去看。

北山仿佛此刻才走进会场——这是怎么说呢？他来的时候也就挂在那里的几幅哀联，他这才看见了。从最末一联最末一句看——

愧我难为后死人

"放屁放屁！"不知怎的又恼。恼犹未了，更瞥一句——

君等为国牺牲

"嗳哟，我要上台去演说！"北山咬着牙齿一叹。心里说，写出来就是——

"我不怕得罪大家，我请大家原谅我，我心以为痛切的话我不得不对大家说，这许多对子要拉下来才是我们开的追悼会！"

北山脚在那里擦，想一跃跑上台。"嗳哟，这怕是我自己的不是！"立刻又这么一叹。"演说的大概只能说这样的话，做对子的也大概只能做这样的对子。因了哀而想说，因了哀而想写，想说想写便忘记了哀，想说想写就是了。……自以为写得好，得意，而且要挂给人家看，这时追悼会大概就变了展览会。……这原是很自然的呵。"

北山笑了，笑自己，自己刚才的演词也都无谓，喜得没有上台。

死者的同乡上台报告：

"我不会说话，我知道他，S烈士，是很用功的，如果不死于难，将来一定……"

北山不知怎的突然离开座位溜了，也不管人家要他演说或不要他演说。

雪地里他吐了一口好气。走在路上，想，回去可以重新写一篇小说，题目就是《追悼会》，纪实——"这个题目？"这个题目触动了他什么。

他确乎另有一个追悼之感，但不能明白的意识出来追悼什么。"追悼北山？"他笑。是的，似乎不完全是。

一九二七年三月

原载1927年5月7日《语丝》第130期，署名病火

审　判

　　司法官对于这个犯人简直没有办法，无聊，做这样的法官有什么意思呢？案情是这么重大，说不定今天或明天，脑壳就得割掉，而他，脑壳所有者，简直是开玩笑。譬如赌钱，我虽可以操必胜之权，但到底要赌一赌呵，你则办定了那么大的数目，一点也不在乎，一五一十的输给我，不是输，是数给我，我倒不如同一个悭吝者赌一个铜钱来得起劲。

　　"什么名字？"

　　"名字就是纪帜。"

　　"干什么事的？"

　　"倘干了别的好事，我就不站在你法官的面前呵。干的事就是革命。"

　　"革命是你犯罪——"

　　"我革命就是为来犯罪。"

"你于士农工商之中——"

"一个礼拜以前，我坐洋车到学校去上课——"

"是当教员还是做学生？"

"从洋车上跌下来了，脑壳裂了一个大口。"

"这些话不是你所要答的。"

"法官，这于我的犯罪很有关系。"

法官明知道犯人并不是一个疯子，也不是有意来装疯。

"于你的犯罪很有关系？——你说！"

"脑壳裂了一个大口。洋车夫趁我还是倒在地下没有爬起来，一溜烟跑了。其实他不跑，我也不同他扯皮，反正已经跌破了，是不是？这可见我不配做一个革命党呵，哈哈哈。我是一个科学家，真的科学家。但我这并不是想法官减轻我的罪，我现在是革命党，昨天拿起手枪在这禁城里乱放，实在是我做领袖……一个礼拜以前，我是科学家。我爬起来，摸一摸脑壳，满手是血，我知道不得了，脑壳跌破了，一看，不见我的洋车夫——法官，你忍耐一下，听我说下去，这实在于我的犯罪很有关系，好比这春天的树，你看它绿得茂盛罢，但去年冬天刮大风下大雪时候的树，切不要忽略看过，缺少了那一天，甚至缺少了那一刻，也许它现在不能够这么绿。……我双手捧住我的脑壳，想起我的洋车夫真有趣，溜了。我又想起我的一个朋友，他为了坐洋车曾经写过一篇小说。他的洋车夫是撞跌了过路人，但他的洋车夫不但不跑，他很可以跑，而他却要把那跌倒了的人扶起来，直到警察都来了。所以我的这位朋友忽而变为托尔斯泰之徒，对人类抱了希望。法官，我的事情是真的，我的朋友也是真的。嗳呀，这不像供词，像lecture，对不起，对不起。脑壳跌破了怎么办呢？只有到医院里去呵，于是我到医院去。医院的大夫倒使得我发恼，因为他看着我流血叫疼——我不是说他应该怜恤我，我不喜欢这样意思的字，这个我可以找出许多证据来，好比莎士比亚的King Lear这出戏，里面一个装疯的Edgar，我很爱，出在他的口里竟有pity一字，我却读得不免扫兴。嗳呀，话又说远了。大夫使得我发恼，因为他说要照号数来，我是一百几十号，差不多是最末一号。我也只得等呵。大夫说我的脑壳非缝不可，令我大吃一惊——同皮匠缝鞋一样的缝，不疼死人吗？我也只得让他缝呵，还要我签一个字。我以为我到底不是一只鞋，缝总得上麻药，谁知道用不着上麻药，在医院里这样的创伤简直不能算做一件事。法官，我就遵着吩咐那么躺下去，像一只猪，心里害怕，'疼呵，疼呵'，等候他一针一针的缝。一面我又想，以《游戏》著名的日本的森鸥外，倘到了这地位，不知是否也还是游戏？——这都是我所要说的话，请法官一句一句的记下来。"

"自然都要记下来。但你为什么加入革命党呢，敢于在这禁城里暴动？"

"法官，你还不明白吗？就是为了缝脑壳。没有这一回事，我恐怕不致于丢了科学家来做革命党，来犯罪。我离开跌破我的脑壳那块地方的时候，我还想，倘若我雇了一个小心的洋车夫，我的脑壳就不致于跌破，现在想起来，天下事真有趣，——法官，不知怎的，我忽然记起了'惟物史观'四个字，但这决不是我加入革命党的原因，虽然我也相信惟物史观。我始终只喜欢科学家这个名字，万一掉一个，说是艺术家也可以。"

"你同张三是一起吗？"

"我以为这一层用不着我提起——法官不记得吗，你们枪毙张三，就是一个礼拜以前的事，枪毙他的时候，正是我在医院里缝脑壳的时候。但是张三不认识我，我颇知道他。我从医院里出来，看见卖报的小孩大声喊'号外！'，叫我花四个铜子看好消息，我一看，唔，人杀了一个人。——哈哈哈，法官，什么时候枪毙我呢？一粒子弹钻进去，我想决没有什么疼，我不晓得我心里害不害怕，'疼呵，疼呵'。总之，一粒子弹，我就鞠一个躬。这一鞠躬，人们说我是对张三鞠的，我也不否认。我这样的人反正无论干什么事都没有什么大意思，所以决说不上牺牲二字。但是，法官，我对于你也很抱歉——你大概还得长久长久的做法官下去罢。我也算是在法官的案卷当中备了一个案。"

"总之你自认是昨天暴动的主犯——"

"是的——我很想法官赶快执行才好，因为我这样的人倒享惯了自由。在这里虽然也无人能使我不自由，但我也要身体的自由。老是关着审判总不行。"

法官想：犯人大概以"死"也为身体的自由。

一九二七年四月

原载1927年4月16日《语丝》第127期，
题为《是小说》，署名病火

浪子的笔记

我亲眼看见老三进妓院，亲眼看见她当领家，看见她垂死的时候躺在床上。我知道老三的一生。

罗丹的"老妓"，很可以替我减省笔墨，老三在最后两年差不多是那个样子。不过这仅仅是就颜色的凋谢，乳房的打皱——总之就外形说。其实，老三，一个活人，决不如罗丹的雕刻是有生命。艺术家的作品毕竟是艺术家所创造出来的。

有一回我在老三那里买一份报看，见有"模特儿"这个名词，告诉小莺（老三这时被她称为阿姨），解释她听，说："比方要画一个裸体女人，就请一个女人裸体站在旁边做样子……""真的吗？"小莺很是纳罕，眼睛现出她少有的光泽。老三却骂她："真的你就去给人家做样子，瞒了我得一包银子！"我这才想起了罗丹的雕刻。

老三以一个漂亮女孩子进到妓院，大概是十四岁。

那时我总是可怜她，因为她视我为唯一听她诉衷情的人，说她的阿姨怎样鞭她，她宁可死。我听了很是气愤，并且代她设想：

"你真不如死的好！我们乡下自缢的女人多哩。这样你可以害得你的阿姨去坐牢！"

她却又对我嗤的一声笑——

"亏你打这个好主意，叫人死。"

我原也不过是十六七岁的孩子，还很稀奇似的问她：

"你的娘老子怎么让你来干这个事呢？"

"欠人的债不能还，所以把我带到这来卖了。"

"到这个地方来不要好多盘费吗？坐火车，坐轮船。"

她又是对我嗤的一声笑。

"你们将来老了怎么办呢？"

"老了给你做老婆。"

记得一个秋天的晚上，她私自来找我，对我哭，要我救她。我依然很固执的，以为救她只有死。我说我决不是舍不得我的什么不给她，要我同她一路死都行。

"你只要照那个夹袍子做一件就是救我。"

她真是呜呜咽咽的哭。她穿的一件红缎子夹袍给烟火烧坏了一角，领家妈妈知道了非鞭死她不可。我依照她的话救她。她到底是挨了一顿重打；领家妈妈见了她穿着崭新的红缎子袍子是怎样伤心呵，虽然这笔款子出自我的荷包，但归到缎子店的掌柜去了，数目实在不小。

这一类的事记不胜记，总之垂老的老三，似乎应该就是罗丹的"老妓"，哀伤于过去，看一看现在。

老三脱离她的领家独立，也是我依照她的话救她，情形记不清白了。让我数一数——老三后来做了三个人的领家，小莺则是第四个。人家称呼死的老三每每是这样称呼："小莺的阿姨。"

小莺的来历我完全知道。这个我记得清清楚楚。

老三快三十岁了，然而还是做妓女。一天的深夜，全个院子多半睡了觉，一个很是漂亮的，名叫长圆，比老三年青得多，推开老三的房门进来。进来了又想出去，意思是房里有客不大好。其实她未进门以前并不是不晓得我在里面。老三道：

"不要紧，你坐。"

长圆就坐在床沿。

他们两人用了乡音谈话，我不懂。我猜得出，先是谈我，再谈长圆的领家。我虽是一个浪子，住着这样的地方，但我实是爱女人。我可以自解的，我不来，他们也一样的活在这里。我称我这样的行为为"苦肉计"，因为我到底是痛苦，不啻自己鞭打自己。老三自然更不用说，躺在我的怀里。长圆坐在我的面前，是夏天罢，没有穿袜，单裤半披着。我真不好意思，而我又轮着眼睛看，一面不由己的想——

"世间上的女人，你们宝藏你们的童贞，你们都到这来看罢。"

第二天清早，我们还没有起床，间壁一个老女人叫嚣，接着是手巴掌声响。老三道：

"长圆挨打。"

长圆哭。

"那个老家伙也不怕她的手打得疼。"老三用了很细的声音凑近我说。

接着不是手响，竹竿子响。

老三当初说她的领家鞭她，我没有见过，见过这是第一次。

接连几天，我的脑里赶不掉长圆，很想会见她。但会见两次就没有看见。这两次我总觉得她有点不好意思对我，说得上是害羞。长圆呵，你留给我的是一个害羞的影子。

长圆终于离开这个院子了，我问老三，老三告诉我。

"搬到那里去了呢？"

"生小孩子去了。"老三连忙说，笑。

"不要开玩笑。"

"真的，已经已有了三个月——那个家伙随随便便的，闹出了这么一回事！"

这时我渐渐没有多的钱了，同老三渐渐也来往得疏些。过了三年，老三是"阿姨"。一天我到她那里去玩，她抱一个小孩子我看，叫我猜是男孩子还是女孩子。我实在不高兴猜，然而也答：

"我只听见你们叫丫头，我不晓得是男孩子是女孩子。"

"那么我把丫头养大给你做小老婆。"

我骂她一声"呸！"

她说：

"你不记得长圆吗？这就是长圆的孩子。"

我好大一会没有做声，慢慢问她：

"长圆现在在那里呢？做什么事呢？"

"除了当婊子还有什么事做。"

长圆的孩子就是小莺。

老三现在有点讨厌我，但我依然时常到她这来玩。

小莺背地里总是对我讲她的阿姨，简直同老三当年是一样的口吻，所不同者，她把我当了一个亲戚。老三也不避我，当我的面前打小莺，骂小莺。

是五月的天气，成天里雨下个不住，我们三个人坐在一间屋子里。老三我看她是很不高兴的呵，只是抓痒，同叫化子捉虱一般，从裤腰里伸手进去，咬着牙齿抓。

"嗳哟，嗳哟，拿刀来把这块肉割下来！"

我不禁为她伤心，除了痒，恐怕她不以为她的身体也是血肉。

小莺上身只紧紧的穿着一件背褡——这在我是见惯了的，我却不因见惯了而不觉得她是这样裸身。我看一看小莺，又看一看老三。小莺正是年青的老三。这小小一间屋子就摆出了老三的一生。这是我的记忆。老三自己呢，她无所谓老，无所谓年青，老也是她的年青，年青也是她的老。她确老了，她不比小莺怕热，所以她穿了一件单褂。

我在那样想，她把褂子解开了，朝背上抓痒。

"抽烟倒算得一个，别的就不会！"

这一骂，我又偏头看小莺——小莺拿起烟卷抽。

小莺不理她，望着我笑。我说：

"你替阿姨抓一抓痒,背上自己抓不够。"

"不要你说空话!"

老三对我厉声一句,此刻她的褂子已经披下了。

我的面前两个赤臂。

"你坐在我这里,我实在不叫你多谢。"

她的褂子又穿上了。这一句话是半笑的说。然而我知她言出于衷,她简直希望我年青,不年青而一样的爱嫖妓也好,嫖她的小莺。

这一两天妓院里很少有顾客罢。

我打算走,但雨还是下个不住。我的心好比那汗湿的泥地,想干净也干净不起来,古怪的难堪。我之常到老三这来,又好比那落叶落下了泥,狂风也吹它不开——我要看她,一直看到她死。

雨呵,你下得连天连地都是一个阴暗,就是老三也不能算做例外!

真的,雨天老三有忧愁,同她的打皱的皮肤相称——自然,这是我的比较,她不会看见她皮肤的打皱,正如不会看见小莺的肥白,抓痒只是抓,鞭小莺只是鞭而已。然而,无论如何,我得修正我篇首的话,老三是有生命的,倘若这样的忧愁算得生命。

小莺她倒在床上唱——她令我想起浴泥的猪！

唱的是老调。我有这么大的岁数，与我的岁数成比例我听了多少年青的妓女这样唱。可是，以前，听而已，晓得是"妓女告状"，阎王面前告状，从未留心去理会状词。今天我仔细听小莺唱——

"……牛头哇马面两边排。一岁呀两岁——不对不对，唱错了……"

这当然不是状词，我望她一望——嗳呀……

我跑上前去——已经扑通一声响！她的脚顺便朝桌上一放，茶壶踢得滚下来了。

小莺立刻翻起来，面孔是土色。

我也失了知觉。失了知觉却还觉得：没有办法，静候老三去鞭。

老三确是连忙跑上前去。我没有听见什么声响。她背着我遮住了小莺。

小莺的面孔又对我，我看得见她有一颗眼泪，整个的土色添了颊上一块红，两个指头掐的。

老三见了茶壶不中用，连碎片又丢下。再是巴掌拍拍的打。

我的荷包里有一张五块钱的票子，我掏出来，拉住老三："喂，喂，这张票子拿去买。"老三更是拚命的打，但我一听她张喊的声音，知道这一打是作不打的下场。

接了票子，老三又有一点思索的神情，横着眼睛射小莺一眼。我也知道呵，她疑心我的荷包里还时常有钱，疑心我给了小莺没有给她！

不过两个月的光景，老三一病不起。众口一词说她的箱子里积下了不少的钱，钥匙系在她的裤带子上。老三名字上真要加"死"这个形容词的时候，钥匙自然给谁解下了，不知是否有钱，多少？但老三的丧事办得颇丰盛。

老三死的前两天，她对我哭。我是多长多长的时间不见老三哭呵。她要我替她算命，看她死不死。我素来是说我会算命的。我说：

"不要紧，好好的躺着，命上不注死。"

唔，老三是有生命的！

小莺穿着一件背褡跑出跑进，跑得很是轻便。我看她不时同那所谓王八者比肩而立，低声说什么。

天气热得很，老三的胸部完全祖开。

我到底还是这样想——

"这里是把她生了也就把她死了的一个人。"

众口一词说老三死了，同时我看见抬进一个白木棺材。时候快要夜。

我听见小莺哭，有人挽着小莺叫不要哭。我走了。

我探得了棺材必经的路，第二天清早，我站在路旁。

头上插鸡毛的，吹号的，小孩子散纸钱的，应有尽有，都是此地杠房习用的人物。一个驼背打锣，走在最前，时而又站住等。

最后是棺材呵，我认识这个棺材！涌着，涌着，都是汗流的人面——唉，那一个，杠子虽扛在肩上，他是夹在当中打瞌睡。

一九二七年四月

原载1927年4月30日《语丝》第129期，署名废名

一段记载

一

风暴后的夜，我照例到火神庙去看我的小朋友。说是小，其实已经是二十来岁，但我要这样称呼他才称心，吐一口热气可以把他吞进去似的。

一进庙门，我有一点凛然，仿佛怕趁这时动作起来了——我知道在那漆黑的殿角里有着狰狞的放火将军。

我用力的踏几脚，告诉我的小朋友我来了。虽然黑得没有什么，伸手去摸一定有一扇门，他一定在里面，来的也一定是他的先生。庙里的唯一的聋子和尚这时是在那边曲肱而枕之。

果然得的一声火柴。

我们宛如立刻生下地，立刻又各自照样的长大了：我几根翘胡子，他面黄得很——这里实在要用一个"死"字呵。鬼火一般的灯火是来得那么快。

"先生，我今天在西门外跑了一趟。"

我靠着他写字的桌子坐，向他，听他的话，然而先入为主者有他的笔——我简直是一只眼睛看定了他，一只眼睛也就落住了他的笔。

"啊，你在西门外跑了一趟？"

他的话已经到夜——到夜里死去了罢，然而我这样答。

"今天一天是下雨哩。"

我又说，似乎不相信他在西门外跑了一趟。大概是相信了这一个事实：我还没有见过我的小朋友有伞。但我依然从我的脑里赶不走那一只笔。

"有意到风暴下去走，我却还是今天。"

我想一想今天的大雨，设身我走在大雨下的西门的旷野，雨下得看不见那里有人走——但此刻这人明明坐在我的面前。

我才觉得我的小朋友是这样的坐在我的面前，我与他之间，只有既然有灯则不能推开的光。

"最初雨还不大，望见一阵乌云快要到头上——但我是走到了一棵大树之下。"

"那很好——倘若我也在场，我将念Edgar的话你听：

Here，father，take the shadow of this tree

For your good host…………

我的小朋友对我笑，笑得是那样冷。

"树脚下有一块石头，我拾起来拼命的一丢。——先生，我实在是丢来玩一玩的。"

"是的。"

"但等到这石头又落到地上——我丢不出！"

唔，我原晓得他是丢他自己。

"先生，我立刻借得了一把伞。"

"那很好。"

我连忙说。但我颇奇怪。

"先生猜我向谁借的？"

他又是那样的冷笑。

"你应该向这谁道谢就是了，我以为。"

"倘若这谁就是我之母呵！我到底没有'来'，无所谓'去'！那么眼泪还是眼泪，依照大家的意见宝贵下去！——哈哈哈，我见惯了陈列馆为它备了各样饵品的猴子！"

"唔——"

但这个音波被我的两唇挡住了。波动了空气的是慢慢来一个——

"啊。"

这就表示我了然了，无须再说下去。我刚才奇怪得有理。伞是死人的，带了胎儿死去了的产妇的——列位，贵处有此风俗么，产妇死了坟前放一雨伞？

我的小朋友虽则不过二十来岁，他是一个侦探，"生"之侦探。昨天他拿这几行字我看——

我把眼泪当唾沫吐！——

我跳不过这什么一种的如来之掌，

我不能不做一个死尸的活人以反抗。

他慢慢又说：

"先生，请为我解答。诗人，'世人皆欲杀'；世人对于唱这样句子的诗人——

......that the Everlasting had not fix'd

His canon gainst self-slaughter!

将如何？"

"哈哈哈。"

我没有答，他又笑。

"这个事实叫我来报告，我殊不作如是口吻——他还不是一个侦探。"

他又说。

二

约莫过了十天，我坐在我的屋子里，是风暴后的下午，街上很是哄然，我听去——我站起……

分明是——

"西门外雷打死了人！"

"西门外雷打死了人，快去看！"

我走出西门，我的邻近的一个孩子迎上前来对我呼喊：

"先生，你认识他，是不是？"

"啊，啊。"

大树之下，人山人海，声音的嘈杂怕要到天上才不听见——

"没有听说他有家族。"

"一定是居心谋杀人！"

"非示众三天不可！"

"自然要示众。"

我是插在众人当中去面识……

接连三天，小小的一个棺材摆在旷野之上——棺材据说是慈善会施舍的。

我很踌躇，留在世间还有——笔呵，我把你收藏起来吗？

一九二七年四月

原载1927年4月23日《语丝》第128期，署名废名

桃　园

　　王老大只有一个女孩儿，一十三岁，病了差不多半个月了。王老大一晌以种桃为业，住的地方就叫做桃园——桃园简直是王老大的另一个名字。在这小小的县城里再没有别个种了这么多的桃子。

　　桃园孤单得很，唯一的邻家是县衙门——这也不能够叫桃园热闹，衙门口的那一座"照墙"望去已经不现其堂皇了，一眨眼就要钻进地底里去似的，而照墙距"正堂"还有好几十步之遥。照墙外是杀场，自从离开十字街头以来，杀人在这上面。说不定王老大得了这么一大块地就因为与杀场接壤哩。这里，倘不是有人来栽树木，也只会让野草生长下去。

　　桃园的篱墙的一边又给城墙做了。但这时常惹得王老大发牢骚，城上的游人可以随手摘他的桃子吃。他的阿毛倒不大在乎，她还替城墙栽了一些牵牛花，花开的时候，许多女孩子跑来玩，兜了花回去。上城看得见红日头——这是指西山的落日，这里正是西城。阿毛每每因了这一个日头再看一看照墙上画的那天狗要吃的一个，也是红的。当那春天，桃花遍树，阿毛高高的望着园里的爸爸道：

"爸爸，我们桃园两个日头。"

话这样说，小小的心儿实是满了一个红字。

你这日头，阿毛消瘦得多了，你一点也不减你的颜色！

秋深的黄昏。阿毛病了也坐在门槛上玩，望着爸爸取水。桃园里面有一口井。桃树，长大了的不算又栽了小桃，阿毛真是爱极了，爱得觉着自己是一个小姑娘，清早起来辫子也没有梳！桃树仿佛也知道了，阿毛姑娘今天一天不想端碗扒饭吃哩。爸爸担着水桶林子里穿来穿去，不是把背弓了一弓就要挨到树叶子。阿毛用了她的小手摸过这许多的树，不，这一棵一棵的树是阿毛一手抱大的！——是爸爸拿水浇得这么大吗？她记起城外山上满山的坟，她的妈妈也有一个——妈妈的坟就在这园里不好吗？爸爸为什么同妈妈打架呢？有一回一箩桃子都踢翻了，阿毛一个一个的朝箩里拣！天狗真个把日头吃了怎么办呢？……

阿毛看见天上的半个月亮了。天狗的日头，吃不掉的，到了这个时分格外的照澈她的天——这是说她的心儿。

秋天的天实在是高哩。这个地方太空旷吗？不，阿毛睁大了的眼睛叫月亮装满了，连爸爸已经走到了园的尽头她也没有去理会。月亮这么早就出来！有的时候清早也有月亮！

古旧的城墙同瓦一般黑，墙砖上青苔阴阴的绿——这个也逗引阿毛。阿毛似乎看见自己的眼睛是亮晶晶的！她不相信天是要黑下去——黑了岂不连苔也看不见？——她的桃园倘若是种橘子才好，苔还不如橘子的叶子是真绿！她曾经在一个人家的院子旁边走过，一棵大橘露到院子外——橘树的浓阴俨然就遮映了阿毛了！但小姑娘的眼睛里立刻又是一园的桃叶。

阿毛如果道得出她的意思，这时她要说不称意罢。

桃树已经不大经得起风，叶子吹落不少，无有精神。

阿毛低声的说了一句：

"桃树你又不是害病哩。"

她站在树下，抱着箩筐，看爸爸摘桃，林子外不像再有天，天就是桃，就是桃叶——是这个树吗？这个树，到明年又是那么茂盛吗？那时她可不要害病才好！桃花她不见得怎样的喜欢，风吹到井里去了她喜欢！她还丢了一块石头到井里去了哩，爸爸不晓得！（这就是说没有人晓得。）……

"阿毛，进去，到屋子里去，外面风很凉。"

王老大走到了门口，低下眼睛看他的阿毛。

阿毛这才看见爸爸脚上是穿草鞋——爸爸走路不响。

"爸爸，你还要上街去一趟不呢？"

"今天太晚了，不去——起来。"

王老大歇了水桶伸手挽他的阿毛。

"瓶子的酒我看见都喝完了。"

"喝完了我就不喝。"

爸爸实在是好，阿毛可要哭了！——当初为什么同妈妈打架呢？半夜三更还要上街去！家里喝了不算还要到酒馆里去喝！但妈妈明知道爸爸在外面没有回也不应该老早就把门关起来！妈妈现在也要可怜爸爸罢！

"阿毛，今天一天没有看见你吃点什么，老是喝茶，茶饱得了肚子吗？我爸爸喝酒是喝得饱肚子的。"

"不要什么东西吃。"

慢慢又一句：

"爸爸，我们来年也买一些橘子来栽一栽。"

"买一些橘子来栽一栽！你晓得你爸爸活得几年？等橘子结起橘子来爸爸进了棺材！"

王老大向他的阿毛这样说吗？问他他自己也不答应哩。但阿毛的橘子连根拔掉了。阿毛只有一双瘦手。刚才，她的病色是橘子的颜色。

王老大这样的人，大概要喝了一肚子酒才不是醉汉。

"这个死人的地方鬼也晓得骗人！张四说他今天下午来，到了这么时候影子也不看见他一个！"

"张四叔还差我们钱吗？"阿毛轻声的说。

"怎么说不差呢？差两吊。"

这时月亮才真个明起来，就在桃树之上，屋子里也铺了一地。王老大坐下板凳脱草鞋——阿毛伏在桌上睡哩。

"阿毛，到床上去睡。"

"我睡不着。"

"你想橘子吃吗？"

"不。"

阿毛虽然说栽橘子，其实她不是想到橘子树上长橘，一棵橘树罢了。她还没有吃过橘子。

"阿毛，你手也是热的哩！"

阿毛——心里晓得爸爸摸她的脑壳又捏一捏手，枕着眼睛真在哭。

王老大一门闩把月光都闩出去了。闩了门再去点灯。

半个月亮，却也对着大地倾盆而注，王老大的三间草房，今年盖了新黄稻草，比桃叶还要洗得清冷。桃叶要说是浮在一个大池子里，篱墙以下都淹了——叶子是刚淹过的！地面到这里很是低洼，王老大当初砌屋，就高高的砌在桃树之上了。但屋是低的。过去，都不属桃园。

杀场是露场，在秋夜里不能有什么另外的不同，"杀"字偏风一般的自然而然的向你的耳朵吹，打冷噤，有如是点点无数的鬼哭的凝和，巴不得月光一下照得它干！越照是越湿的，越湿也越照。你不会去记问草，虽则湿的就是白天里极目而绿的草——你只再看一看黄草屋！分明的蜿蜒着，是路，路仿佛说它在等行人。王老大走得最多，月亮底下归他的家，是惯事——不要怕他一脚踏到草里去，草露湿不了他的脚，正如他的酒红的脖子算不上月下的景致。

城垛子，一直排；立刻可以伸起来，固意缩着那么矮，而又使劲的白，是衙门的墙；簇簇的瓦，成了乌云，黑不了青天……

这上面为什么也有一个茅屋呢？行人终于这样免不了出惊。

茅屋大概不该有。

其实，就王老大说，世上只有三间草房，他同他的阿毛睡在里面，他也着实难过，那是因为阿毛睡不着了。

衙门更锣响。

"爸爸，这是打更吗？"

"是。"

爸爸是信口答着。

这个令阿毛快爽：深夜响锣。她懂得打更，很少听见过打更。她又紧紧的把眼闭住——她怕了。这怕，路上的一块小石头恐怕也有关系。声音是慢慢的度来，度过一切，到这里，是这个怕。

接着是静默。

"我要喝茶。"

阿毛说。

灯是早已吹熄了的，但不黑，王老大翻起来摸茶壶。

"阿毛，今天十二，明天，后天，十五我引你上庙去烧香，去问一问菩萨。"

"是的。"

阿毛想起一个尼姑，什么庙的尼姑她不知道，记得面孔。——尼姑就走进了她的桃园！

那正是桃园茂盛时候的事，阿毛一个人站在篱墙门口，一个尼姑歇了化施来的东西坐在路旁草上，望阿毛笑，叫阿毛叫小姑娘。尼姑的脸上尽是汗哩。阿毛开言道：

"师父你吃桃子吗？"

"小姑娘你把桃子我吃吗？——阿弥陀佛！"

阿毛回身家去，捧出了三个红桃。阿毛只可惜自己上不了树到树上去摘！

现在这个尼姑走进了她的桃园，她的茂盛的桃园。

阿毛张一张眼睛——

张了眼是落了幕。

阿毛心里空空的，什么也没有想，只晓得她是病。

"阿毛，不说话一睡就睡着了。"

王老大就闭了眼睛去睡。但还要一句——

"要什么东西吃明天我上街去买。"

"桃子好吃。"

阿毛并不是说话说给爸爸听，但这是一声霹雳，爸爸的眼睛简直呆住了，突然一张，上是屋顶。如果不是夜里，夜里睡在床上，阿毛要害怕她说了一句什么叫爸爸这样！

桃子——王老大为得桃子同人吵过架，成千成万的桃子逃不了他的巴掌，他一口也嚼得一个，但今天才听见这两个字！

"现在那里有桃子卖呢？"

一听声音话是没有说完。慢慢却是——

"不要说话，一睡就睡着了。"

睡不着的是王老大。

窗孔里射进来月光。王老大不知怎的又是不平！月光居然会移动，他的酒瓶放在一角，居然会亮了起来！王老大怒目而视。

阿毛说过，酒都喝完了。瓶子比白天还来得大。

王老大恨不得翻起来一脚踢破了它！世界就只是这一个瓶子——踢破了什么也完了似的！

王老大挟了酒瓶走在街上。

"十五，明天就是十五，我要引我的阿毛上庙去烧香。"

低头丧气的这么说。

自然，王老大是上街来打酒的。

"桃子好吃，"阿毛的这句话突然在他的心头闪起来了。——不，王老大是站住了，街旁歇着一挑桃子，鲜红夺目得利害。

"你这是桃子吗？！"

王老大横了眼睛走上前问。

"桃子拿玻璃瓶子来换。"

王老大又是一句：

"你这是桃子吗？！"

同时对桃子半鞠了躬，要伸手下去。

桃子的主人不是城里人，看了王老大的样子一手捏得桃子破，也伸下手来保护桃子，拦住王老大的手——

"拿瓶子来换。"

"拿钱买不行吗？"

王老大抬了眼睛，问。但他已经听得背后有人嚷——

"就拿这一个瓶子换。"

一看是张四，张四笑嘻嘻的捏了王老大的酒

瓶。——他从王老大的胁下抽出瓶子来。

王老大欢喜极了：张四来了，帮同他骗一骗这个生人！——他的酒瓶那里还有用处呢？

"喂，就拿这一个瓶子换。"

"真要换，一个瓶子也不够。"

张四早已瞧见了王老大的手心里有十好几个铜子，道：

"王老大，你找他几个铜子。"

王老大耳朵听，嘴里说，简直是在自己桃园卖桃子的时候一般模样。

"我把我的铜子都找给你行吗？"

"好好，我就给你换。"

换桃子的收下了王老大的瓶子，王老大的铜子张四笑嘻嘻的接到手上一溜烟跑了。

王老大捧了桃子——他居然晓得朝回头的路上走！桃子一连三个，每一个一大片绿叶，王老大真是不敢抬头了。

"王老大，你这桃子好！"

路上的人问。王老大只是笑——他还同谁去讲话呢？

围拢来四五个孩子，王老大道：

"我替我阿毛买来的。我阿毛病了要桃子。"

"这桃子又吃不得哩。"

是的，这桃子吃不得——王老大似乎也知道！但他又低头看桃子一看，想叫桃子吃得！

王老大的欢喜确乎走脱不少，然而还是笑——

"我拿我阿毛看一看——"

乒乒！

"哈哈哈，桃子玻璃做的！"

"哈哈哈，玻璃做的桃子！"

孩子们并不都是笑——桃子是一个孩子撞跌了的，他，他的小小的心儿没有声响的碎了，同王老大双眼对双眼。

一九二七年九月

原载1927年11月27日《古城》周刊第1卷第11期，

署名废名

菱　荡

陶家村在菱荡圩的坝上，离城不过半里，下坝过桥，走一个沙洲，到城西门。

一条线排着，十来重瓦屋，泥墙，石灰画得砖块分明，太阳底下更有一种光泽，表示陶家村总是兴旺的。屋后竹林，绿叶堆成了台阶的样子，倾斜至河岸，河水沿竹子打一个弯，潺潺流过。这里离城才是真近，中间就只有河，城墙的一段正对了竹子临水而立。竹林里一条小路，城上也窥得见，不当心河边忽然站了一个人。——陶家村人出来挑水。落山的太阳射不过陶家村的时候（这时游城的很多）少不了有人攀了城垛子探首望水，但结果城上人望城下人，仿佛不会说水清竹叶绿。——城下人亦望城上。

陶家村过桥的地方有一座石塔，名叫洗手塔。人说，当初是没有桥的，往来要"摆渡"。摆渡者，是指以大乌竹做成的筏载行人过河。一位姓张的老汉，专在这里摆渡过日，头发白得像银丝。一天，何仙姑下凡来，度老汉升天，老汉道："我不去。城里人如何下乡？乡下人如何进城？"但老汉这天晚上死了。清早起来，河有桥，桥头有塔。何仙姑一夜修了桥。修了桥洗一洗手，成洗手塔。这个故事，陶家村的陈聋子独不相信，他说："张老头子摆渡，不是要渡钱吗？"摆渡依然要人家给钱他，同聋子"打长工"是一样，所以决不能升天。

　　塔不高，一棵大枫树高高的在塔之上，远路行人总要歇住乘一乘阴。坐在树下，菱荡圩一眼看得见——看见的也仅仅只有菱荡圩的天地了，坝外一重山，两重山，虽知道隔得不近，但树林是山腰。菱荡圩算不得大圩，花篮的形状，花篮里却没有装一朵花，从底绿起——若是荞麦或油菜花开的时候，那又尽是花了。稻田自然一望而知，另外树林子堆的许多球，那怕城里人时常跑到菱荡圩来玩，也不能一一说出，那是村，那是园，或者水塘四围栽了树。坝上的树叫菱荡圩的天比地更来得小，除了陶家村以及陶家村对面的一个小庙，走路是在树林里走了一圈。有时听得斧头斫树响，一直听到不再响了还是一无所见。那个小庙，从这边望去，露出一幅白墙，虽是深藏也逃不了是一个小庙。到了晚半天，这一块儿首先没有太阳，树色格外深。有人想，这庙大概是村庙，因为那么小，实在同它背后山腰里的水竹寺差不多大小，不过水竹寺的林子是远山上的竹林罢了。城里人有终其身没有向陶家村人问过这庙者，终其身也没有再见过这么白的墙。

陶家村门口的田十年九不收谷的，本来也就不打算种谷，太低，四季有水，收谷是意外的丰年。（按，陶家村的丰年是岁旱。）水草连着菖蒲，菖蒲长到坝脚，树阴遮得这一片草叫人无风自凉。陶家村的牛在这坝脚下放，城里的驴子也在这坝脚下放。人又喜欢伸开他的手脚躺在这里闭眼向天。环着这水田的一条沙路环过菱荡。

菱荡圩是以这个菱荡得名。

菱荡属陶家村，周围常青树的矮林，密得很。走在坝上，望见白水的一角。荡岸，绿草散着野花，成一个圈圈。两个通口，一个连菜园。陈聋子种的几畦园也在这里。

菱荡的深，陶家村的二老爹知道，二老爹是七十八岁的老人，说，道光十九年，剩了他们的菱荡没有成干土，但也快要见底了。网起来的大小鱼真不少，鲤鱼大的有二十斤。这回陶家村可热闹，六城的人来看，洗手塔上是人，荡当中人挤人，树都挤得稀疏了。

菱叶差池了水面，约半荡，余则是白水。太阳当顶时，林茂无鸟声，过路人不见水的过去。如果是熟客，绕到进口的地方进去玩，一眼要上下闪，天与水。停了脚，水里唧唧响——水仿佛是这一个一个的声音填的！偏头，或者看见一人钓鱼，钓鱼的只看他的一根线。一声不响的你又走出来了。好比是进城去，到了街上你还是菱荡的过客。

这样的人，总觉得有一个东西是深的，碧蓝的，绿的，又是那么圆。

城里人并不以为菱荡是陶家村的，是陈聋子的。大家都熟识这个聋子，喜欢他，打趣他，尤其是那般洗衣的女人——洗衣的多半住在西城根，河水渴了到菱荡来洗。菱荡的深，这才被他们搅动了。太阳落山以及天刚刚破晓的时候，坝上也听得见他们喉咙叫，甚至，衣篮太重了坐在坝脚下草地上"打一栈"的也与正在搥捣杵的相呼应。野花做了他们的蒲团，原来青青的草他们踏成了路。

陈聋子，平常略去了陈字，只称聋子。他在陶家村打了十几年长工，轻易不见他说话，别人说话他偏肯听，大家都嫉妒他似的这样叫他。但这或者不始于陶家村，他到陶家村来似乎就没有带来别的名字了。二老爹的园是他种，园里出的菜也要他挑上街去卖。二老爹相信他一人，回来一文一文的钱向二老爹手上数。洗衣女人问他讨萝蔔吃——好比他正在萝蔔田里，他也连忙拔起一个大的，连叶子给她。不过问萝蔔他就答应一个萝蔔，再说他的萝蔔不好，他无话回，笑是笑的。菱荡圩的萝蔔吃在口里实在甜。

菱荡满菱角的时候，菱荡里不时有一个小划子（这划子一个人背得起），坐划子菱叶上打回旋的常是陈聋子。聋子到那里去了，二老爹也不知道，二老爹或者在坝脚下看他的牛吃草，没有留心他的聋子进菱荡。聋子挑了菱角回家——聋子是在菱荡摘菱角！

聋子总是这样的去摘菱角，恰如菱荡在菱荡圩不现其水。

有一回聋子送一篮菱角到石家井去——石家井是城里有名的巷子，石姓所居，两边院墙夹成一条深巷，石铺的道，小孩子走这里过，固意踏得响，逗回声。聋子走到石家大门，站住了，抬了头望院子里的石榴，仿佛这样望得出人来。两匹狗朝外一奔，跳到他的肩膀上叫。一匹是黑的，一匹白的，聋子分不开眼睛，尽站在一块石上转，两手紧握篮子，一直到狗叫出了石家的小姑娘，替他喝住狗。石家姑娘见了一篮红菱角，笑道："是我家买的吗？"聋子被狗呆住了的模样，一言没有发，但他对了小姑娘牙齿都笑出来了。小姑娘引他进门，一会儿又送他出门。他连走路也不响。

以后逢着二老爹的孙女儿吵嘴，聋子就咕噜一句：

"你看街上的小姑娘是多么好！"

他的话总是这样的说。

一日，太阳已下西山，青天罩着菱荡圩照样的绿，不同的颜色，坝上庙的白墙，坝下聋子人一个，他刚刚从家里上园来，挑了水桶，挟了锄头。他要挑水浇一浇园里的青椒。他一听——菱荡洗衣的有好几个。风吹得很凉快。水桶歇下畦径，荷锄沿畦走，眼睛看一个一个的茄子。青椒已经有了红的，不到跟前看不见。

走回了原处，扁担横在水桶上，他坐在扁担上，拿出烟竿来吃。他的全副家伙都在腰边。聋子这个脾气利害，倘是别个，二老爹一天少不了啰苏几遍，但是他的聋子。（圩里下湾的王四牛却这样说："一年四吊毛钱，不吃烟做什么？何况聋子挑了水，卖菜卖菱角！"）

打火石打得火喷——这一点是陈聋子替菱荡圩添的。

吃烟的聋子是一个驼背。

衔了烟偏了头，听——

是张大嫂，张大嫂讲了一句好笑的话。聋子也笑。

烟竿系上腰。扁担挑上肩。

"今天真热！"张大嫂的破喉咙。

"来了人看怎么办？"

"把人热死了怎么办？"

两边的树还遮了挑水桶的，水桶的一只已经进了菱荡。

"嗳呀——"

"哈哈哈，张大嫂好大奶！"

这个绰号鲇鱼，是王大妈的第三的女儿，刚刚洗完衣同张大嫂两人坐在岸上。张大嫂解开了她的汗湿的褂子兜风。

"我道是谁——聋子。"

聋子眼睛望了水,笑着自语——

"聋子!"

一九二七年十月

原载1928年2月16日《北新》第2卷第8号,

目录署名冯文炳,正文署名废名

枣

小五放牛

我现在想起来，陈大爷原来应该叫做"乌龟"，不是吗？

那时我是替油榨房放牛，牵牛到陈大爷的门口来放。离我们榨房最近的地方只有陈大爷的门口有草吃。陈大爷是我的好朋友。他喜欢打骨牌，就把他的骨牌拿到草地上来同我打。我是没有钱的，陈大爷也没有钱，但打牌总是好玩的事。两个人当然是"搬家"，陈大爷总是给我搬空了，一十六双骨牌都摆在我的面前。我赢了我又觉得不好玩。我不捉弄陈大爷。有些孩子也时常跑来玩，捉弄陈大爷，比如陈大爷坐在粪缸上拉屎，他们拿小石头掷过去，石头不是碰了陈大爷的屁股就是陈大爷的屁股碰了一两滴粪。有一回陈大爷要骑我的牛玩，我却赶得牛飞跑，跌了陈大爷一交。毛妈妈总是骂陈大爷，比如陈大爷跟我们一路去赶狗——狗在那里"连屁股"，回来毛妈妈骂道：

"亏你这么小的孩子！"

毛妈妈也给我一个当头棒：

"滚出去！"

我的一只腿已经跨进了陈大爷的门槛，连忙又退出来，退到草地上。草地上毛妈妈无论如何是不敢赶我的。

我还是钉了眼睛去伺望陈大爷，陈大爷低了脑壳坐在那里动也不动一动。

陈大爷大概跑得累了，他的样子实在像一个老猴。我后悔我不该同陈大爷一路玩。

一看陈大爷望了我笑，我又跑去看我的牛。

这位毛妈妈我不大喜欢，并不因为她骂我——骂我的人多着哩！她有点摆架子，老是端起她的白铜烟袋。她是一个胖堂客，走起路来脚跟对脚跟，仿佛地球都奈她不何，那么扭得屁股动，夸她的一双好小脚！我想，她身上的肉再多一斤，她的脚就真载不住了。

毛妈妈为什么叫做毛妈妈呢？我常是平白的这样纳罕问我自己。有一回问我们榨房的厨子，他答道：

"毛妈妈有毛。"

这当然是骂毛妈妈。厨子骂毛妈妈，我骂他：

"你也想毛妈妈罢！"

我又这样想过：毛妈妈是陈大爷的娘子吗？那么陈大爷是干什么的呢？这第二问使得我很有趣，我知道我没有问出来我的意思，但有一个意思。我是随便的想了一想罢了，见了陈大爷就一路玩耍。

这个则不成问题：王胖子是住在陈大爷家里，而毛妈妈决不是王胖子的娘子。

王胖子虽阔，我看他不起，他是一个屠户。我到现在见了人家穿纺绸裤子还是一点也不心羡，恐怕就是王胖子穿纺绸裤穿得讨厌了。

王胖子老是穿纺绸裤——裤脚那么大，纺绸不要钱买哩！穿纺绸就应该穿袜，自己也晓得自己是一个屠户，不配穿袜，纺绸还不如拿来我小五穿！

正是这么热的一天，王胖子大摇大摆的走来。王胖子来了，风也来了，他的屁股简直鼓得起风！我看他皱了眉毛，嘴里只管嘘呀嘘呀的，心头着实凉快。我的牛见了王胖子来了也在那里喘气，一尾巴扫得蝇子飞。我立地翻了一个筋斗。

我们这个地，据说是一个球，我翻了筋斗起来什么变动也没有一个！王胖子同毛妈妈坐了一个竹榻，毛妈妈跷了脚端她的烟袋。陈大爷门口这几棵杨柳真是为这两个胖子栽的！但该竹榻吃亏。两个胖子，谁也没有打谁的招呼，谁也就是这样打招呼：一个偏了眼睛歇住不吹烟矢，一个一眼看定了扇子（毛妈妈的大腿上搁了一把蒲扇）拿过来喊喳喊喳的对裤裆里扇。满脸油汗，正是捉猪的王胖子，多了一条纺绸裤罢了。

王胖子大概再不热了，蒲扇又还了原。

我也坐到树脚下来乘一乘凉。

"吃饭没有？"

毛妈妈开口说话，说了话又衔了烟袋。

王胖子臂膊一掉——毛妈妈的话虽来得娇，但小五也听见了，而王胖子凑近毛妈妈这么答：

"还有一脚没有卖掉。这么晚没有卖掉就卖不掉。"

"割半斤来炒青椒。"毛妈妈吞了烟说。

"打四两酒。"

王胖子这是吩咐他自己——但他光顾我小五了：

"小五，替我到店里去割半斤肉来，另外打四两酒。"

陈大爷叫我去我是去的，王胖子我回他一个摆头。

"你这个懒鬼——告诉你的老板打你！"

"我的老板又不是请我来替你割肉哩。"

但我只是咕噜了一句。

"大爷那里去了呢？"

毛妈妈叫。

"这里——就来。"

大爷坐在粪缸上答。

大爷大概听见了为什么事喊他，裤子还没有扎好，一迳走到屋里去——拿出了酒壶。

毛妈妈却喊一声——

"来！"

大爷就走近跟前来了。

"去把手洗一洗！"

毛妈妈从陈大爷的手上夺下了酒壶。

他们三人吃完饭，太阳已经落了山，是我牧童歌牛背的时候了。我连翻两个筋斗。王胖子喝酒喝得通红——坐在那里解他的裤带子，解也解不开。

"要扎那么紧！"毛妈妈昂着脑壳拿了耳挖子钳她的牙齿，很叹息的说。

"你来帮把忙。"

王胖子站起来——毛妈妈蹲了下去，替他解。

这时由得我作主，我真要掷一块石头过去，打这个胖肚子！胖肚子偏要装进那么多。

陈大爷跟在我的牛后，很舍不得我的样子。我还回头看他打了一个圈圈儿玩再走。

一九二七年十一月十日

原载1928年2月10日《小说月报》第19卷第2号，

署名废名

毛儿的爸爸

　　毛儿晓得他的爸爸疼他。除了他的爸爸，别人捏他的耳朵，叫他小胖子，他就张大他的阔嘴，好像猪嘴，嚷："我告诉我爸爸。"爸爸也捏他的耳朵，那时他是双腿跨了爸爸的大腿——这个名叫骑马。他三岁的时候，骑马是骑妈妈，妈妈还唱歌，现在上了学，妈妈不疼他了，他说。妈妈打他一巴掌，他也躲过一边来吞声的说一句："我告诉我爸爸。"这时不看见他的嘴，看见他的"老儿辫"：小胖子也垂头丧气的。但不一会儿又跑过去，妈妈正在厨房里干活，手上拿着菜刀，他钻头要吃奶的样子要饭熟了。老儿辫又好像一个猪尾巴，摆。人家也喜欢捏这小辫子玩。

　　"我一刀！"

　　妈妈喝他一声，但是怕刀碰了孩子的头。小胖子又站开了，墙上画字。

"妈，'人'字你认得吗？——'大'字。"

妈低头切菜。

赵志祥家的是一个美人。这是客观的描写。这话或者有语病，什么叫客观？不如就照大家的话："赵志祥家的很贤快。"曾经有过这一句："媳妇生得好看。"那时赵志祥是做新郎，十七八年前。赵志祥也一度的见美人：不敢抬头，抬头一见，好看的媳妇；仿佛一个人打开门迎面就见太阳，打不开眼睛，是要张开，眨眼。

赵志祥，赵志，赵胖子，爸爸，——都是他的爸爸，毛儿的爸爸。小胖子也到衙门口去玩，他听见里头喊赵志，就帮着爸爸道："爸爸，喊你。"还有赵先生，那也是他的爸爸。好比乡下人，上街来告状的——不晓得是人家告他的状还是他告人家，看他的样子是人家告他，望着赵先生的大门道：

"赵先生在家吗？"

开了门，没有人，赵志祥向来又不要狗。问赵先生的轻轻的走了。

毛儿同好几个孩子在门口玩。妈妈捏着针线活房里头走出来。

"毛，有人叫，是吗？"

"找我爸爸的。"

毛儿出现了一下他的阔嘴。只一现，又是老儿辫，好几个小脑壳当中。妈妈都不看，都看见了。

"你告诉他爸爸吃了饭就走了吗？"

毛儿连妈妈也不答应了，贪玩。他晓得找他爸爸是了。

赵志祥家的有点放不下。她在堂屋里坐了好大的工夫，刚一进房去乡下人就来了。赵志祥临走时告诉了她，说恐怕有一个人来找他。吃午饭的时候，她同毛儿两人吃，一位堂客进来了，说她的老板来了一趟，现在她来。赵志祥家的倒一碗茶这堂客喝。她很可怜她，看她的样子很可怜。这堂客很能说话，说了一气走了。赵志祥家的同她的毛儿饭还没有吃完。吃完了，她，筷子没有放下，读书人拿笔似的拿着，看她的毛儿吃。这个样子很美。这是客观的描写。她是一个得意的神气。但她还是可怜那乡下妇人，她后悔她没有问她吃饭没有。

"毛，饭冷了就不要吃。"

说着拿她的筷子伸到毛儿碗里把那一块肉夹出来。肉已经不好吃了，放在碗里好大的工夫。毛儿吃肉总是一筷子夹几块，吃一块多余的放在饭边下。爸爸在家吃饭就替他夹两筷子，一碗饭。

毛就放下他的半碗饭不要了。

赵志祥是衙吏，传案的。人都晓得赵志祥。晓得赵胖子的人更要多些。一日，那一日赵志祥"做孝子"，爸爸死了第三天，出殡，穿过大街，店铺的人，站在柜台里，伸头看，看到赵志祥，倒不认识赵志祥了。赵志祥生来胖，很白，那时正是冬天，孝衣衬了棉袄，棉袄衬了短棉袄，又是叫人看的，走路当然动，又不动，所以，大街上，棺材过了，大家一时都不说话，虽然笑，孝子！一个白胖子！——没有赵志祥。赵志祥再走一脚，看官冷落一下了，这一下子忘记买卖：

"赵志祥。"

或者：

"赵胖子——赵胖子的爸爸什么时候走了？"

赵志祥渐渐的不是叫人看，他那样脖子不高一下，又不低，仿佛是生成的样子，不然就不是赵胖子。他什么也不知，后来知道他要小便。

三天前，赵志祥家的开始试一试她的孝衣，镜子里头她喜欢的看了一看了。十年以来她没有这一看，喜欢的看，虽然她欢喜照镜子，随便穿戴什么要照镜子。

她平常也爱打扮，正如久当厨子的人不晓得东西好吃，做出来总好吃，总是那么做。穿上这一件白衣，她的孝衣，大概她没有看见过这个样子了，这个样子好看。的确，她头一回穿孝衣。她连忙把她的毛喊进房来。毛已经自己穿上了。毛的孝衣比毛长，白到地。爸爸的也比爸爸长。爸爸是孝子的孝衣，毛为得明年就要长高起来了。看了一看毛，她似乎忘记了什么，记不起什么。什么也没有。是她的毛。坐下，把毛拉到兜里，拿出她的小梳子来，捏住小辫子，道：

"重新扎一下。——不要同人打架，记得吗？"

又道：

"不要吵你爸爸，你爸爸两夜没有睡好觉，晓得吗？"

老儿辫扎起来新鲜，好像今天才有的。妈妈用了一根新红头绳。

因为这个辫子，毛儿倒不像赵志祥了。或者赵志祥这几天累了，侍候垂死的爸爸，晚上没有好好的睡，眼睛有点肿。

没有几大的工夫，毛儿在门口哭了，"我告诉我妈妈。"他一直哭到厨房里去，妈妈在那里。毛儿打败了。

打架他向来不哭，他家来了许多客，都笑他打败了，所以他哭。他对妈妈说王金火。

"王金火，他在墙上画我，画我一个大嘴。"

"我总是叫你不要和他玩，你偏要和他玩。——那一个短命鬼！"

妈妈恨不得一巴掌打干毛儿的眼泪。她实实在在的恨王金火。

"哭出这个鬼样子！"

说着轻轻的把毛儿的眼泪揩了，挈起她的衣裳，她的新穿的孝衣。因为在厨房里干活，孝衣外还系了一个围裙。

赵志祥的大门当街，偏街，只有几家做小买卖的，好比他间壁的一家卖纸钱。赵志祥家的清早起床比人家晏一些，除了煮饭她没有多的事做，起来还没有梳头，街上，她的门外，有小孩子拉的粪，她也不问是谁家的小孩拉的，她认得是对门王金火的粪，她拿了她的扫帚把它扫干净。张四婶子看见了——毛儿叫张四奶，总是忍不住的要心头纳罕："好贤快的媳妇！"她站在上风，偏着她张四奶的脸道：

"起来了玉姐？"

张四奶叫赵志祥家的叫玉姐。

"四奶，那家没有小孩？"

张四奶暗地称贤快，见了玉姐扫别人孩子的粪，玉姐就看出来了，听了一声玉姐。

"是呀，妇人家总要这么贤快才好。"

人都要人说好。赵志祥家的实在又不愿别人诅怨她的小孩。小胖子也拉粪。

这条街，到了赵志祥的门口到了尽头，过去，土渣堆。再走，荒地长了草，赵志祥做孝子的时候就在这里搭帐棚，吹了三天喇叭。草的坡上两棵杨柳，六月天，赵志祥家的清早起来树脚下梳头。赵志祥也躺在树下睡觉，那时白日当天，闲着无事，从衙门口走回家来。一天，他午觉睡醒了，还是躺着，躺着竹榻，打了一个呵欠。他的呵欠是一个做爸爸的呵欠。连忙坐起来，人都猜不到他坐起来是有一叫：

"你妈妈，毛在家吗？"

"在家，在间壁玩。"

"剃头。"

这一句，两个字，赵志祥他也不晓得他是叫"你妈妈"听还是叫剃头的不要走站住。剃头的站住了，放下他的剃头的担子。

爸爸自己先剃，他的竹榻坐到剃头的剃头凳。

"呵呵呵。"

坐到剃头的剃头凳很新鲜的打一欠。

赵志祥剃头是剃光头。挑担子的剃头的都是剃光头。毛儿虽然要蓄一个老儿辫，也属于光头。爸爸坐在那里洗头，洗头发，毛儿来了，妈妈跟着出来了。

"剃头。"

爸爸说，抬头见了他的毛。他仿佛这时才睡醒过来，他好大的工夫没有见他的毛了。他说他是告诉毛要剃头不要跑。他刚从剃头的盆里抬起头来他说。没有抬起来，等着揩干脸。爸爸的脸好像毛儿要哭的脸了。

剃头的什么也不晓得，剃头。赵志祥闭了眼睛又闭嘴。

毛儿掉过身，一跑跑到妈妈那里去了，仿佛他忽然觉得站在这里看爸爸干什么。

他的门口又来了一个摇鼓的。妈妈要买布。布未卖成功，摇鼓的又摇了他的鼓走了。

"上街到铺子里去买。"

赵志祥家的自己说一句。

"铺子里去买。"

摇鼓的远远的说一句。

赵志祥家的说话时看了王金火一眼。王金火同毛儿平排着站，看毛儿的妈妈买布。看了一眼就完了，叫一声毛儿道：

"你爸爸剃完了。"

王金火是"平头"。赵志祥家的有一回见了王金火的平头好看，想到她的毛儿将来也把头发都蓄起来，到街上去剪平头。平头要上理发店。今天看王金火，只看了王金火一眼，没有想。王金火的平头差不多有一年了，常日碰见的事。

爸爸已经在那里取耳。万籁无声。赵志祥实在的享乐，斜了眼睛，偏着头，新头，什么都不管，等他的耳矢看。赵志祥家的又叫一声毛儿道：

"你爸爸剃完了。"

她没有看赵志祥，看见了，正如看见了太阳，虽然没有去看它。赵志祥，一个新头，常日碰见的事。只有冷天，赵志祥剃完了头走到房里去，她手上做着针线活，抬头一看，道：

"要戴帽子。"

毛儿剃完头，妈妈拉住他，看头上有毛没有，脸上的寒毛修干净了没有。这一位剃头的是一个老实人，不爱说话，赵志祥也说他老实，会取耳，他却不大乐意赵志祥家的这么的瞧她的毛儿，心想："只有你的孩子剃头！"他在那里收拾家伙。

赵志祥家的瞧她的毛儿，可以说不是瞧她的毛儿，是她自己照镜子。因为她一心看一个东西，不记得这个面相是她的毛儿，不记得她对了这面相瞧。

剩了他们三个人。竹榻另外一把小竹椅子，赵志祥家的坐了椅子。她是乘凉，两手抱着膝头。树阴下很凉快。这一刻工夫，她简直没有听见毛儿和他的爸爸说话，说什么。她望着有凉意的风吹着柳叶儿动，好像采花的蜂儿要飞上花心，两下都是轻轻的惹着。看她的后影就晓得她很凉快了。这一棵树上的叶儿都是要来吹着她的眉毛动了。两棵杨柳她看了一棵。慢慢的她掉了头，她的眉毛，叶子底下现得更乌黑，似乎真动了一下了，见毛儿那么的贴住爸爸，道：

"要捱这么近！——多热的天！"

赵志祥心头的舒服不能比拟了。他坐着，毛儿站着，赤脚站了竹榻，驼爸爸的背，同爸爸一般高。妈妈同毛儿的话爸爸两个耳朵都听见了，嘴里还说话。毛儿还是答应爸爸：

"人山水日月，父母子女兄弟姊妹。还有左手右手，一二三四五，六七八九十。还有小猫三只四只。"

妈妈听来很新奇，笑了。

赵志祥道：

"这些东西也要书上说！还是人之初好。"

他很看不起的样子。他也不晓得他这一说是说给毛儿听还是说给谁听。毛儿上了半年学，今天他才有工夫问毛儿书怎么读——早已晓得读的叫做国文第一册。

"妈，爸爸耳朵里有一个痣。"

毛儿欢喜得叫，他发现了一个东西。

妈妈不答应。爸爸未听见。赵志祥的右耳朵里有一个黑痣，赵志祥家的做新媳妇的时候就看见了。她还听见人说耳朵痣是"好痣"。

"毛，你的西瓜都吃了没有？"

爸爸说。

"下回再不要买许多这个东西，吃了又要拉稀。"

妈妈说。

毛儿看见程四牛，王金火，还有两个同学，都来了，自己也站下地来了。

"四牛，算你大些，不要欺负我毛儿，欺负我毛儿我就告诉先生打你。"

四牛说他总是同毛儿好。

赵志祥今天高兴，他就逗着这几个孩子玩，忽然提着嗓子一声唱：

"耶稣爱我！我爱耶稣！"

惹得孩子们哈哈大笑，赵志祥家的坐在一旁，不知不觉的抱了她的膝头，含笑的一说：

"讨厌。"

她说的样子美。

一九二八年十月三十一日

原载1929年1月1日《北新》第3卷第1号，署名废名

李教授

李教授李方正——李方正平常喜欢人家称他称教授，朋友们一见面便呼他曰李教授。他晓得这是同他开玩笑的，但也喜欢听，而且晓得大家都没有含一点恶意，都是高兴，大家都是教授。要说真正的喜欢，是李方正教授一齐来，单就教授二字而论，还不及Professor好。他看见报纸上称提倡白话的急先锋胡适为胡适之博士，很羡慕——胡适之博士在社会上的地位他当然是不敢梦想的了，压根儿就没有想过，他只是觉得胡适之博士五个字说来尊贵而又亲切，李方正于李方正之外没有别的名字。他自己当初讨厌中国的陋习首先废去了"字"！倘若他也有一个外号，那就不必说李方正教授——他是一个M．A．，所以由胡适之博士一想想到不必说李方正教授就好了。

李方正教授——以下简称李方正，他刚才是从他的一位朋友家里出来。这位朋友编辑《光报》。他到那里去，是同他商量，问他写那样的文章是不是一定是一个好方法。文章的subject是："智识阶级难道一定要打倒吗？"照李方正的意思，还是无声无息的好，什么也不说，等下去，心头的烦恼那自然是无可如何想不也不不了的。那里方且高喊打倒智识阶级，你又在这里发表这样的文章，"那适足为智识阶级张目"。出口这几个字，编辑先生对他一笑，笑他这几个字用得不妥。十几年的老友，笑也不算什么，你也晓得我，我也晓得你。李方正好几天没有这样笑过，就笑道：

"我总不像你们得善后委员的津贴。"

李方正国文不大行，英文好。

连忙又说明他的意思：

"你这样发表文章，那就明明白白的我们是智识阶级了。一声也不做，过了一些日子，喊的人或者也就不喊了，智识阶级或者也就忘记了——我是说大家再也不记得这四个字。"

编辑先生忙着要上报馆，李方正，就过去许多事情看来，朋友们的主意实在比他强得多（所以他另外又有一个"书呆子"的名字），没有商量好出来了。这样的事以前实在没有见过。但他总觉得文章不该发表。而且，看朋友的神情，既然也有点张皇，益发的觉得发表不该了。

路上他遇见一位同乡——今天他没有坐车，或者他同那位编辑先生相距不远，所以一走就走去了。他同同乡打招呼，他一晌知道他思想急进，似乎也没有"入党"，而又是一个忠实人，便同他攀谈起来，一路走进了东安市场。叙谈一阵，好容易说上了他的题目："打倒智识阶级，听说有这样的标语，但这里头也应不应该有一个界限呢？"同乡的一诺便是千金，饶幸他是一个例外，也就顾不得平素太惹人注目的几位朋友了。同乡却同他一笑：

"翰林是早已打倒了，但现在乡里人还称留学生为洋翰林，可见是打不倒的。"

李方正好大一会没有作声。同乡同他作别了。他懊悔，平白的同他攀谈！当了李方正面前直说留学生，明明白白的含了李方正是智识阶级这个意思了！的确，乡里人都说他是洋翰林，而且他也喜欢听，虽然乡里人敬他不如敬他的祖父，他也觉得他不能比祖父名贵，祖父是"真"翰林。这一个真字是李方正替翰林添的。这个还未打倒的智识阶级李方正不知怎的怕听，并怕想，一推论推到这个上头来了就冷住了。其实这也是一个好听的字眼，他轻易不肯辱没的，比如，有一回，朋友们闲谈，谈到"像姑"，有一位笑着拍着他的肩膀道："就是卖屁股！"他简直要洗耳，因为一掉头，然而既然也听了，只好也笑道：

"这也是智识阶级的人说的话！"

东安市场的美容理发馆，楼上，是李方正理发的地方。他今天也可以理发，就进去理发。原来他理发在青年会，青年会更讲究，自从反基督教大同盟发生以后迁到美容来了。有时他叫他的听差打电话要剃头的上他家里来（在剃头的目录上为"外叫"），就说："打电话到美容。"他记起《一封未寄的信》，胡适之博士翻译的，每每是亲身坐在美容的时候。"倘若寄去了，事情不知道怎样？"于是一瞧，剃头的也一瞧，对像同为镜子里头的李方正。"这样分。"自己拿手分给剃头的看，分头。

"那一位教授真可佩服，剃头没有剃完又跑去上讲堂。"又一瞧，惭愧他不能这样。"但也不必。那样惹得学生笑……"于是觉得人生太苦了。这是一个衷心的苦痛，脸都红了，抬了眼睛瞧剃头的一眼，怕剃头的看出了他的羞惭——吓得剃头的怕李先生不多给小费了，以为又分错了。有一回他也惹得一堂学生大笑，自己该死要夸博雅，说一个书名字说错了。一个平常的错误，但李方正很讳言这个，兹亦从略。

今天的烦恼，放心不下，比那个苦痛还好受得多，那是一时无可容身之地，此刻躺在剃头的安乐椅子上，入于睡眠的状态了，什么都丢开了，不丢开而也丢开了，只有一个疲倦后的舒服。一睁眼睛，剃头的正捏了刮脸的刀子要刮他的胡子——当然不是说李方正一定就有胡子。他不晓得他的脸很难看，一嘴的胰子沫，他以为他是"开用雪花之膏"的李方正，梅兰芳同他穿了一样的西装。他就是李方正，何待以为？言他的意识里的他同剃头的手下的他不是一个罢了。而他的意识里的他确乎是离不开雪花膏的时候多。忽然他又一怕，怕剃头的一不小心刀子溜了——那一下子不晓得要伤了他的什么地方？割了鼻子……晓得是闭了嘴，不晓得，嘴实闭了，乃把牙齿紧一关，仿佛这样这个害怕的思想就不来了。果然，只这样想：其实这也并不算什么奇事，不能怎样责备剃头的，谁能心里没有事，一有事，一不小心，刀子就溜了。总没有听说剃头的碰伤了人，洋车倒有时跌坏人。不，剃头也流血……

李方正记起另一个李方正了。那个李方正是上蒙学，头上还是鬎鬁。他没有父亲，有母亲，已经十岁，应该蓄辫子的，母亲说蓄了辫子鬎鬁更不易好，且不蓄。他爱赖头，不肯剃，剃得痛，剃了一头血，母亲总是拿好话来哄他，并且对剃头师父说：

"师父，拿一把好刀子，快刀子。"

他事后常纳罕，快刀子，血不越发流得多吗？不越发剃得痛吗？当时他却不会说，专哭。

李方正很奇怪，怎的那个样子，那个鬎鬁头太不像李方正了。但那个鬎鬁头如在目前。他还留了他儿童时代的一张照片。这张照片，其实也是一个面目端秀的孩子，看不见头上有鬎鬁，因了"鬎鬁"二字他就把别个孩子的鬎鬁拿到自己的头上来了。他自己的鬎鬁头他没有看见过。他儿童时代，虽然很娇，剃头是站着，面前并没有玻璃镜。一想到鬎鬁剃头剃出血来，简直是皮破血出，那么红。他看见了一个死人，匐在地上，头偏着，同脖子没有连起来，杀了的……

他怕。当时他也是怕，吵得母亲一夜没有睡觉，母亲埋怨他为什么跟着别人跑去看，这一怕他就不记得了。就是辛亥光复那一年他们县城里杀了一个土匪。他怕，睁开眼睛剃头的在他的身旁。他觉得很亲热了，身旁有人。好像做了一场梦醒来，摸不着头脑——剃头的一扶把他从安乐椅子上扶起来了。

走出美容，下了楼梯，两个女学生迎面而来，他也没有留心。一个是他的学生。两双眼睛都瞧着李方正。李方正走过了，李方正的学生——那一天一堂大笑，李方正后来想起来她没有笑，她微动一动她的嘴告诉她的同伴：

"李方正。"

说话时的方便，说李方正便含了李方正教授这一个意思。那一位也就领会了，不，是她先看见，不过她不说，装在心里。有一回哥伦比亚的某教授来此地公开演讲，李方正教授翻译，她在那里听讲。

李方正刚刚走出东安市场的大门，一群洋车夫跑拢来包围他。他并不一定打算坐车，他依然是摸不着头脑，但坐上了一辆了。坐到家，多给了洋车夫好几枚。吃了饭，他似乎什么也丢开了，不烦恼。黄昏时分，倒在沙发上，忆起他的母亲。他的母亲说过："万般皆下品，惟有读书高，读书人总有出头的日子，凡百事都离不开读书人。"他已经不是小孩子了，母亲虽是自言自语，而是坐在他的面前说，他暗地里好笑。他还是觉得母亲的话可笑。"Benjamin Franklin也有过这样的话！"忽然若有心得。Franklin的话当然与他的母亲不同了。当然要说得好听些。但到底是怎样的几句，要问李方正才明白。当初他也轻轻的读过去了，虽然读得熟。他的一本破烂的《弗兰克林自传》就出现眼前，书皮子有一面脱下来了。忆起那一天的样子真可笑，拿了这一本破书卖给旧书摊子。那时他刚在某地大学预科卒了业。

忽然一站站起来了，从沙发上。这一站起才真个的是自觉，意识鲜明——

"没有事做我就回家去。未必真到了那样的日子，乱杀人。"

来回走了一趟了。回家去还是不行，乡里人一定笑他没有事干！

他去年暑假回乡，他的一位本家问他干什么差事，他迟疑了一会，说教授怕他们不懂，他又不会撒谎，而且，当到教授，还要撒谎才好，李方正简直有点不平，感到被了解之难。慢慢的加两个字道：

"大学教授。"

"你该弄一个知事做一做，当教员干什么呢？"

这一位本家并且看不起西装——就是他，又要李方正没有主意了。

一九二八年十一月二十八日

原载1928年12月4、5日北平《新中华报副刊》

第11、12号，署名废名

卜 居

A君是诗人。因为要做诗，所以就做隐士，就——用一个典故就卜居。其实他已经从首善之区的街上卜到首善之区的乡下来了，二月倒数第三天，A君同他的房主——一个老婆子，A君倒很喜欢她讲究清洁，这一天他同她干脆的说：

"我是要找一个清净地方，你这儿闹得很！"

A君已经质问了她两遍，问是那有那么多的女人来往，乡下女人专门晓得说话！

"昨儿来的是我的姑娘，去年腊月里出了门子——她那儿倒不错，有好些日子没有来，昨儿来了吃两顿饭就走了。"

"那是你的姑娘？"A君头一偏，诗人的回忆。但他不得要领的撤身进去了，进了他的诗坛。三间房A君赁了一间，房主人祖传的一张吃饭的桌子A君拿来做诗。

老婆子咕噜了一句：

"我这儿闹得很！——那你就只有到山上庙里住去！"

"她是你的姑娘，那两个老妖精是你的什么东西呢？"A君也咕噜一句，没有咕出来，闷在肚子里。昨天又来了两个老婆子。

"你的姑娘"，似乎不大要紧，没有多大的工夫姑爷来了，A君只有提了他的stick走了。

一走走了五里，走进了大悲寺。"大悲寺茂林修竹，在这个沙漠地方真是稀罕物儿。"A君说。"不禁惹动乡愁了。这些地方都是资本家住！"又说。又记起他的一位劲敌，那是住西湖的，住烟霞洞。A君尝愤他："为什么是你一手奠定了文坛？"要打倒他。那诗人盖发了一张传单，有这样的话。

大悲寺有浴水池一个，好几位住客，都是来避暑的，正在那里浴。A君一看——那两个真是女子。A君看了一半天还以为时髦的男学生蓄了分头。

A君读过梭罗古勃的《微笑》，记得那个借钱借不着的可怜人是跳到水里淹死的。A君俨然就站在那个河岸上，四近并没有一个人。"那真是无声无臭……"A君觉得寂寞而可哀了。

A君走出了大悲寺的大门，还隐约的听见那两个浴女的笑声。

他还没有着落。"那你就只有到山上庙里住去！"——老婆子的话忽然提醒了A君。是的，他目下住的当儿，屋后有山，山上一个小庙，她一定是说这一个庙！

A君，他从街上搬来的时候，没有到，走在路上，就望见这一个庙，小庙躲在树林里，一条白道若隐若现，牵引诗人的心灵。

A君提了他的stick直去看这个庙了。

到了这个庙，汗如雨下，抚孤松而盘桓，自谓是羲皇上人。没有一迳就进去，松树下，庙门口，留恋一下。这实在是一个好凉快的所在。庙墙颇倒塌——正是A君所要的，房价必不高。门虽设而常关，没有要它就开，就开了，只轻轻的一推……

"干什么的？"

一个烂疮脚的老婆子坐在她的门槛上晒她的疮腿，纸，街上的老妈子要拿来换取灯的纸，粘住了，揭也揭不开；问而没有抬头，毫不在乎的样子，但轻轻便便的来这一个"干什么的？"，简直是娇声，说了她一个月没有睢见人，人来了。

A君不答，一眼都看见了，一切。她一定是住在那个小屋子里，原来大概是放鼓，大悲寺则叫做鼓楼。

"你这个庙里怎么没有菩萨？"

"什么？"抬了头。

"菩萨。"

"不知道。"又低下去。

A君窘。他所再找得出来的是"偶像"，偶像当然更不知道。一定还有后重，那里有一扇门。A君就往前进——或者应说往后退。后重更糟糕，好几只鸡，扒粪渣子。偶像——用老婆子的话是佛爷二字，是有的，刚刚剩了一只手，塌了，露天之下。山脚下望见的树林，不像树林。

"她也进来了。"A君权且不看她的脚，看一看她的手。"你这怎么吃饭！"咬牙啮齿的叹。是想，眉毛也不便皱。意思是，吃饭是靠这手端碗——她抓疮！

这里简直无话可说，A君又退出前重来了，她跟着来。

"你这是什么庙？"

"什么庙？家庙。"

家庙，A君点头。

“你看庙？”

“看庙。”

“你这庙归谁管呢？”

“底下有人管，归二大爷，路北就是。”

“路北，那个路北？”

A君是问，不一定是问她。问她：

“你这庙出租吗？”

“出租？你租吗？有人租我们就搬下去，一月我们也得点盘缠。”

“从前租过人没有？”

“去年还有一个外国人，要把这山全租给他。”

“不干净。”

A君一眼看尽四方。

“一扫就干净。”

“你们就在这里拉矢！”

A君是报告这一个事实，看着拉的矢，并不一定是责备。烂疮脚蹭下去，蹭下去摸腿。

“租人要多少钱一月？”

“五百块罢。”

“五百块？——五百块是多少？”

"五百块。"

"你这个破庙也要五百块？！你晓得五百块是多少？！"

A君的"混帐"险些儿来了，喜得带住了。他知道，一混帐就非"奏你"不可，那么利害，这个地方。

"可不是吗？去年那个外国人要租就说五百块。"

"啊，那一定是论长年。我是问一月多少钱，而且我只要这两间。"

一脚跨进了那两间。其实只有这两间，如果要房子。

"你这房子太不堪，都是老鼠咬的。"

"是。"

望着A君说"是"，然而心想："说什么？"

A君又站下来，一跨跨了两层阶级。

"你这儿清净倒清净，没有人闹。"

"有人闹？谁闹？谁也不上来！"

有点愤，A君简直是冤枉了她一下。

"我是要找一个清净的地方，我现在住的那儿不清净，时常有人来往，房子倒还好，也不贵。"

A君是诉苦，至于此一个清净的地方出租他租不租——租？这个在他的脑里已经是一个空白了，走了，走了他不晓得。

"谁也不上这儿来。去年七月里有两个贼，上来偷我的小鸡子！"

A君抢着道：

"是什么样子的人？"

她又不让A君说，抢着说：

"两个贼！我就一嚷。"

"那恐怕是弄得好玩的，贼他那里偷鸡？我们乡里，偷鸡不算什么，是常事。"

十年以前，A君在他的故乡听一位举人讲《了凡钢鉴》，窗友们便都喜欢偷邻近一家菜园的鸡，并偷豌豆。

"我一嚷，人都上来了。好些个人，都上来了。巡警也上来了。"

"你的鸡到底偷走了没有呢？"

"二妹妹，你来。"

A君稍吃一惊，"怎么还有一个人？"

对，还有一个人，也在那一间屋子里，屋子的角里，躺了一床破席。

"二妹妹"就进去了。

"要什么？"

"跟他说什么！闹得玩儿的。"

A君很愤，平白的说他闹得玩儿的！而且，一听那说话的神气，简直是看不起他，那个要死的老婆子！于是就愤走了——

"谁来住你这个庙？连你的小鸡子也有人偷！"

盖分明的肯定了，他不住这个庙。

回到他那儿，一进门就告诉老婆子——

"我在山上庙里来。"

老婆子暗地里这一惊不小："山上庙里来？"

一九二八年十一月八日

原载1928年12月17日《语丝》第4卷第49期，

署名废名

文公庙

文公庙供奉的是韩文公。韩文公青袍纸扇，白面书生，同吕祖庙的吕洞宾大仙是一副模样。最初是王大奶同她的孙女儿晓得"文公菩萨"就是韩文公——话是这样说："不错，韩文公，文公庙的文公菩萨就是。戏台上还唱文公走雪的戏哩。"不错，真个的说对了。县志载得有，接着城隍庙叙文公庙，二庙盖同在东门，叙明了昌黎韩文公。母孙二人都喜欢《韩湘子度叔》的唱本，孙女儿唱，祖母听，《韩湘子度叔》上面有"韩文公"，而且，"谪贬潮阳路八千"。渐渐知道的也就多了，文公庙烧香的还是少。这一位老太太同这一位小姐初一十五不断的来烧香。

张七先生久在文公庙教书。文公庙的和尚——和尚文公庙至多只能有一个，无须再加区别字，恰巧又有这一位张七先生，简直有口皆碑。和尚老诚。张七先生呢，

"先生不回家"，即是说不耽误学生上学。每年总有好几十个学生，年年有不来的，年年有新来的。读到"离娄"就不来了，去学生意。有一回王大奶烧了香抽了一张"家宅"，请张七先生念给她听，先听为快。张七先生正在那里嚷："读熟了背！"不嚷就听不见了。可怜的是孩子们，有的快要读熟了。王大奶刚刚站到门槛以外，张七先生连忙离开他的先生的位，刚刚走到门槛以内，自然不用得走了。接了签又回去，回去戴上眼镜，首先说，"家宅，上上。"王大奶听了念完了，要赶回去看媳妇打米煮饭，米桶放在她老人家自己的房里，还要对张七先生说一句道：

"七先生，文公菩萨就是韩文公，好不伤心，谪贬潮阳路八千，四九寒天，多冷。"

七先生点头。实在他不关心韩文公，没有听清楚，晓得是说这个庙里的菩萨。

王大奶开步走了，叫七先生不要送，七先生要送，走了还要问：

"黐黐今天来了没有？他爸爸昨天晚上要打死他！总是逃学。老五那东西委实也太拙，现他有孩子！那一家孩子不贪玩？"

老五者，王大奶之令侄，髯髯的爸爸。髯髯来了，"自羲农，至黄帝！自羲农，至黄帝！"是髯髯嚷。他此刻连先生也不在眼中了，他的大奶进了他的学房，同先生说话！张大火以下（张大火是最大的一个），皆大喜欢，不过他们是帮王髯髯喜欢还是他们自己喜欢，颇难得分清。总之王髯髯的大奶来了，又走了。

可怜，十几双眼睛，高低不差多少，一齐朝着学门的方向往外望，嘴也差不多是一样动——不知从什么时候起都读得没有气力了。学门外是一方天井，那里还望得见走出了大门的王大奶？有的坐得偏于一角，自始就没有望见王大奶，望得眼睛是黑的。先生进来得那么快，张大火刚刚下了位要去拍王长江的脑袋瓜，倒惊坏了自家，下了位又一屁股坐上去了。都是高声一唱，张大火更是高声一唱："寡人有疾！寡人好色！"先生也听清楚了。先生的步子总是慢，但一点也不现得他乏，仿佛他的路程是绕行地球一周，永远慢开他的慢步。

张七先生绰号张驴子。张大火以下在外淘气，坐在茶馆里的人便道："告诉张驴子打你的屁股。"他们只印了"告诉"两字，害怕。说话者，待他说了，作用在"张驴子"，起了张七先生的印象了。张七先生脸皮黑，眉毛又生得恶，学生怕他怕这个眉毛，一板子打下来了倒不怕。真的，到现在差不多是二十年前的事了，张七先生的学生还记得张七先生，是因为张七先生的眉毛，一放开这个眉毛，张七先生没有了，张七先生多年死去了。然而，就是当面一个人，五官缺少了一官，虽然只缺少这么一点，就不像一个人，世上也就没有这样一个人。戴上先生的眼镜，先生简直不可怕，且可乐，先生怕他的眼镜了，俨然是，张大火以下都不亦乐乎，看先生戴眼镜。张七先生的眼镜不常戴，请他干什么才戴。比如刚才替王大奶念家宅。最普通的是写"天作之合"，婚书。有的慎重其事，请七先生上他府上去写，"贴七先生一餐饭"，大多数则是亲自拿了红纸帖子上文公庙来。眼镜有一个眼镜盒。眼镜盒有了三十年，新媳妇为新郎做的，皂角的形状，"绉布的"，什么绉布，张七先生自己也说不清，他当初也没有问他的先生娘子，下垂一绺红丝，当然早已不红了。张七先生的先生娘子给七先生留下的纪念，还有七先生的一双鞋，这个，七先生打开箱子，分外的伤心，"好好的死去了"。当时有眼镜盒没有眼镜，教书也不在文公庙，在乡下自己的村里。眼镜只买了十年，先生娘子是不能晓得的了，花五百钱，从湖北汉口来的一个叫卖眼镜的玻璃匣子里头买了下来。话说这一位卖眼镜的年年有一个时候还是见他背了他的匣子沿街卖，一天，经文公庙过，站在门口，放下匣子，"歇一会儿"。张七先生也走出来了，看眼镜，问价钱。

"这样的两串，这样的一串二。"

"当先五百个钱，如今那就要贵么些？都还没有我的一幅好。"

张七先生现得他得意。卖眼镜的就背上他的匣子走了。他一点也不现他的失意，且走且说了一句："这位老先生一幅眼镜要用他一生。"这时和尚走出来了。和尚他总是忙。煮饭他倒费不了多大的工夫，一会儿就看见他端了他的饭吃，他忙菜园，虽然他的菜卖不了钱，也不多；忙着上楼，上了楼就不看见他下来，楼上动得响；忙着舂米，他的米是一次舂就，不说一年，一季是要吃的，所以这一天就只看见他忙了；忙着买盘香，他要买那"顶干顶干的"，不顶干又回头换，或者先几天去定着，来回是空手，而是买盘香，来回二十里。向来他同十里铺的万盛香店通买卖，乡下东西比城里好。十里铺，尚是从东门口计算，十里。文公庙到东门口还有一里半罢。他的庙，"一个月也没有两个人进香"。他晓

得——是他说的他不晓得吗？但他的庙一年三百六十日
点盘香。盘香的工用盖等于取灯儿。文公菩萨面前长
明灯也长明着，不能拿菩萨的灯来点火，"一点点熄了
呢？"还有许多事要忙。他走出来，手上的扫帚还没有
放下，刚刚吃了饭扫一扫厨房，听得门口有人说话，就
走出来。出来只看见七先生站在门口。虽然不能说他看
见，因为他的眼睛不大看得见，但说他看见七先生是可
以的了。他一看见七先生就是七先生。七先生是打算进
来，看见和尚来了又不进去了。

"那个卖眼镜的又来了。"

七先生告诉和尚。

"天上九头鸟，地下湖北老，湖北老没有一个好东
西，先生你再也莫买他的眼镜！"

"都赶不上我的一幅好，要一串二两串钱！"

七先生的得意和尚看不见了，捏了他的扫帚转身要
进去，又转过来，猛的一下钉了七先生的脸向上看，七
先生比他高一些——原来是有话说：

"七先生，你看怎么样，王小毛那孩子我劝你老人家
再也莫打他，我看他简直成了呆子！今天我上茅司，他
也跑进去了，我问是那一个，他不晓得答应，我一看，

是他！我说你这孩子，人家问你你怎么不答应呢？他说他没有屙了，你没有屙了你就不答应吗？要不是我仔细，一脚撞到粪缸里去了呢？"

七先生没有意见。王小毛是最小的一个学生。但他老人家今天很高兴王小毛，见了王小毛，虽然不笑，心里很喜欢这个孩子。昨天下午王小毛家里送斤半猪肉来了。七先生告诉来人道："这孩子倒不是不能读书的，聪明。"张七先生有两个学生，他们家都有钱，一个叫做冯炎生，一个就是王小毛。每逢初一十五，冯炎生同王小毛都要"送菜先生"，即是家里做一碗菜送到学房来，或是一碗鱼，或是一碗豆腐或海带熬肉。王小毛家里做的菜总好吃些，七先生说。这回初一，即七月初一，王小毛没有送，今天十五，昨天他爸爸打发人送斤半猪肉来了。张七先生还同王小毛谈了一会儿话，张大火以下都看先生同小毛说话，小毛却说不出，坐在他的位上，他的小脑壳不知安放到那里才好，不肯抬起来。慢慢的先生捏他的耳朵要他说了一句，他说得好玩：

"我家杀猪，八十一斤。"

张七先生才晓得他家那一只大肥猪宰了。人家家里有猪张七先生何以晓得呢？原来如此：文公庙门口差不多等于一个牧场，一大片荒地，长了几颗树，邻近的猪同磨坊的驴子都在这里放，王小毛之祖母常是拿着家伙追踪一只猪，她老人家不甘心旁人拣她的猪粪，要拿去卖钱。

这一斤半肉张七先生拿来腌起来了，就在这个十五的早晨，放学叫学生回去吃饭，然后煮自己的饭，而且腌肉。等待吃了饭，收拾了碗筷，时候已经不早，而学生还没有来。因为今天十五。门口听得有讨饭的叫"师父，打发一点！"，接连只听得"师父，打发一点！"，惹得张七先生慢步走出，忙开口道：

"师父！叫师娘也不打发！"

张七先生诙谐一下，心里快乐。讨饭的是一月老要来几回的一个小孩子，下穿一条破裤。和尚有时打发一点，有时则骂，说小孩子不该讨饭。

"先生，你老人家今天打发我一点。"

"来，把裤子脱下，打屁股。"

说着做手势。相隔还有几步远。小孩笑着敲着他的讨饭的碗走了，且走且唱：

人之初，

我不读，

　　我的丈母娘下狗儿下了一匹草狗。

　　"读"，读若"偷"。他的肚子已经很饱。到和尚庙里来讨饭，是回家路过，余兴。这时和尚正在那里端碗。"端碗"，犹言吃饭。

　　转瞬就是七月二十一。和尚从七月初一算起，"七月二十一，我妈的生日"。我妈的生日其实也没有什么，反正"不能尽心，到我妈坟面前去烧香"。相隔一百九十里。他从来不提起他的爸爸，不知何以故？也没有人问。妈妈还留了他一个忌日，还留了他自己的生日。这回的七月二十一有了桩事，又是上茅司，他一不仔细，踏了一脚粪，"那一个歪屁股厕矢厕到粪缸板上！"踏了一脚粪，更是糊涂，拿手去摸鞋子！张七先生正在那里嚷："读熟了背！"忽然看见和尚其势汹汹的来了，门槛以外霹雳一声——

　　"七先生，你看这是怎么说！"

　　两手前伸若乌龟，一若不敢沾身。眼睛虽然是钉了七先生的位置去看，而是叫七先生看他的鞋子。张大火以下一时都住了嘴，侧耳而听，张大火则眼睛也有用处了，因为他首先望见了窗户以外。

"那一个歪屁股屙矢屙到粪缸板上！踏我一鞋！"

孩子们一阵又嚷起来了，心里都不怕，都是一句：

"我不怕，不是我。"

张七先生嚷了一下：

"这些东西，都要打！"

和尚掉背而返了，若有所失，怎么只骂了这么几句？因为他气得好像一个虾蟆，一肚子气。他的一匹大黄狗沿他的踪迹舔。他仔细的想："不是孩子的粪，孩子的粪是那有这么粗一筒呢？踏得我一鞋！"他归究"这个先生"。今天早晨起来不知何以故他很恨这个先生。

晚半天学生各自还家今天不再来的时候，不知何以故和尚很是消遥了，我妈的生日今年也不再有了，忘记了，站在门槛以外同七先生攀谈。或曰如此：十天以前有一位乡下老太太进城，沿庙烧香，烧到文公庙，抽一张签，拿回去请她女婿念，是四言四句，"尔心不诚，叩我神明，斋戒沐浴，助油十斤"。所以今天兀的送二斤香油来了——何以只送二斤？但这件事是和尚还没有十分息怒的当儿就发生了。他站在门槛以外，问了七先生一件事，然后当面谈话。因为他在门口拾得了一条洗澡手巾，所以他问七先生，这样问：

"是你老人家的不是？"

"不是。"

"一定是那一位乘凉的丢下去的。"思忖着。

文公庙门口常有舂米的以及其他赤膊人等来乘凉。

"我伸手去摸，'这是那一位丢了什么东西？'——先生，你看，如今的人心多么坏，王二家的她在那里拣粪，听见我这一说，连忙答应，'是我丢的。'我说，'你丢的？你丢了什么东西？'我把手巾剪在背后，她没有看清楚是洗澡手巾，'我的裹脚布！'你看如今的人心多么坏，喜得是一条手巾不是银子！"

七先生且听且欢乐。话来话去，又提到今天上茅司上面去了，很是一个余兴的样子——

"先生，今天粪缸上的粪，我看不像小孩子的粪——这可应了一句俗言'夫妻两个来尿，不是你也是我'。"

说着钉了七先生看，也笑。七先生笑而不答。"来尿"云者，是说睡在床上屙尿，实际上是指十岁以下的小孩子说，若一岁两岁又不大适用，因为那是当然的，来尿则有个责备的意思，不应该。

门口外是吴盛记的那一匹叫驴又来了，兀的一叫。

和尚连忙跑去，指着吴盛记放驴的孩子厉声说道：

"你这个驴！把我的园墙又挤塌了！你这个鸟东西！你再不好好的照管它我就驼根棍子打！"

鸟东西躺在地下玩。骂了这几句——这怎么只骂了这几句？站在那里不晓得回去了。回去，且走，又骂：

"倒运的铺子养这么个驴，连尿也闻！打都打不走！"

"闻什么尿，和尚？"

王二家的远远的站着打趣他。

"你说闻什么尿！母驴尿什么尿！"

"这个和尚不是好和尚。"

"不是好和尚！你叫你王二把和尚赶走了他！——不是好和尚！"

不屑于同王二家的多说话的一个神气，回去。

原载1929年8月14日北平《华北日报副刊》第138号，

署名废名

枣

旅客的话一

我当然不能谈年纪，但过着这么一个放荡的生活，东西南北，颇有点儿行脚僧的风流，而时怀一个求安息之念，因此，很不觉得自己还应算是一个少年了。我的哀愁大概是少年的罢，也还真是一个少年的欢喜，落日西山，总无改于野花芳草的我的道上，我总是一个生意哩。

近数年来，北京这地方我彷徨得较久，来去无常，平常多半住客栈，今年，夏末到中秋，逍遥于所谓会馆的寒窗之下了。到此刻，这三个月的时光，还好像舍不得似的。我不知怎的，实在的不要听故乡人说话，我的故乡人似乎又都是一些笨脚色，舌头改变不过来，胡同口里，有时无意间碰到他们，我却不是相识，那个声音是那样的容易入耳……唉，人何必丢丑呢？实在要说是"乞怜"才好。没有法，道旁的我是那么感觉着。至于会馆，向来是不辨方向的了。今年那时为什么下这一著棋，我也不大说得清。总之两个院子只住着我一人。因为北京忽然不吉利，人们随着火车走了。我从那里得了这消息，也不大说得清。

我住的是后院，窗外两株枣树，一株颇大。一架葡萄，不在我的门口，荫着谁之门，琐上了，里面还存放有东西。平常也自负能谈诗的，只有这时，才甚以古人青琐对芳菲之句为妙了：多半是黄昏时，孑然一身，葡萄架下贪凉。

我的先生走来看我，他老人家算是上岁数的人了，从琉璃厂来，拿了刻的印章给我看。我表示我的意见，说："我喜欢这个。"这是刻着"苦雨翁玺"四个字的。先生含笑。先生卜居于一个低洼所在，经不得北京的大雨，一下就非脱脚不可，水都装到屋子里去了——倘若深更半夜倾盆而注怎么办呢，梨枣倒真有了无妄之灾，还要首先起来捞那些捞什子，所以苦雨哩。但后来听说院子里已经挖了一个大坑，水由地中行。

先生常说聊斋这两句话不错：

姑妄言之姑听之
豆棚瓜架雨如丝

所以我写给先生的信里有云：

"豆棚瓜架雨如丝，一心贪看雨，一旦又记起了是一个过路人，走到这儿躲雨，到底天气不好也。钓鱼的他自不一样，雨里头有生意做，自然是斜风细雨不须归。我以为惟有这个躲雨的人最没有放过雨的美。……"

这算是我的"苦雨翁"吟，虽然有点咬文嚼字之嫌，但当面告诉先生说"我的意境实好"。先生回答道：

"你完全是江南生长的，总是江南景物作用。"

我简直受了一大打击，默而无语了。

不知怎么一谈谈起朱舜水先生，这又给了我一个诗思，先生道：

"日本的书上说朱舜水，他平常是能操和语的，方病榻弥留，讲的话友人不懂，几句土话。"

我说：

"先生，是什么书上的？"

看我的神气不能漠然听之了，先生也不由得正襟而危坐，屋子里很寂静了。他老人家是唯物论者。我呢？——虽是顺便的话，还是不要多说的好。这个节制，于做文章的人颇紧要，否则文章很损失。

有一个女人，大概住在邻近，时常带了孩子来打枣吃。看她的样子很不招人喜欢，所以我关门一室让她打了。然而窗外我的树一天一天的失了精神了，我乃吩咐长班："请她以后不要来罢。"

果然不见她来了。

一到八月，枣渐渐的熟了。树顶的顶上，夜人不能及。夜半大风，一阵阵落地声响，我枕在枕头上喜欢极了。我想那"雨中山果落"恐怕不及我这个。清早开门，满地枣红，简直是意外的欢喜，昨夜的落地不算事了。

一天，我知道，前院新搬进了一个人，当然是我的同乡了。小便时，我望见他，心想，"这就是他了"。这人，五十岁上下，简直不招我的反感——唉，说话每每不自觉的说出来了，怎么说反感呢？我这人是那样的，甚是苦了自己，见人易生反感。我很想同他谈谈。第二天早晨，我正在那里写字，他推开我的房门进来了。见面拱手，但真不讨厌，合式，笑得是一个苦笑，或者只是我那么的觉着。倒一杯茶，请他坐下了。

他很要知道似的，问我：

"贵姓？"

"姓岳。"

"府上在那里？"

"岳家湾。"

"那么北乡。"

这样说时，轮了一下他的眼睛，头也一偏，不消说，那个岳家湾在这个迟钝的思索里指定了一遍了。

"你住在那里呢？"

"我是西乡——感湖你晓得吗？你们北乡的鱼贩子总在我那里买鱼。"

失礼罢，或者说，这人还年青罢，我竟没有问他贵姓，而问："你住在那里呢？"做人大概是要经过长久训练的，自以为很好了，其实距那个自由地步还很远，动不动露出马脚来了。后来他告诉我，他的夫人去年此地死了，尚停枢在城外庙里，想设法搬运回去，新近往济南去了一趟，又回北京来。

唉，再没有比这动我的乡愁了，一日的傍午我照例在那里写字玩，院子很是寂静，但总仿佛不是这么个寂静似的，抬起头来，朝着冷布往窗外望，见了我的同乡昂着他的秃头望那树顶上疏疏几吊枣子想吃了。

一九二九年十二月二十九日

原载1930年1月1日北平《华北日报副刊》第237号，

署名废名

墓

旅客的话二

三月杪，四月初，北地也已渐渐是春天了，写信问友人："西山的房子空着么？"回信道："你如果去，那真是不胜借光之至了。"于是我又作西山之客了。这所谓春天，只在树上，树又只是杨柳，如果都同我的那位朋友一样（神安他的灵魂！），要那个草的春天，春雨细，那那里行呢？实在我也算得同党。杨柳而外，山阿土埂，看得见桃杏开花，但这格外使人荒凉，因为，从我们来看，桃花总要流水，所谓花落水流红，为什么在这个不毛之地开得全无兴会呢？

天气是暖和的，山上的路，骑驴走，平原在望，远远近近尽是杨柳村，倘若早出晚归，夕阳自然的没有了，转过山阿，忽然看见那边山上，天边，蛾眉之月，那这个春天才美哩。若有人兮天一方！

这既不是春又不能说秋的北京春天。

西山之横山，就葬着我的那位朋友。横过横山，一条马路，通往八大处的，山南山北亦所必经，上山第三天我出去玩，不由得下了驴子一觅"徐君"了。荒冢累累，认得一块碑。"江西铜鼓欧阳丁武之墓"，这是几个大字，右边则刻着：

春草明年绿

王孙归不归

吾友生平爱好此句爰为

书之于其墓

往下署了我的名字。我喜欢照我的排列，空白多好看，不肯补以年月日。三年以前，记得是过了重九不久，所以不是九月也必定是十月，欧阳君竟以养病西山而长辞了。其时我是偶尔来玩，适逢其会，他的长兄在场，说我们是朋友，请写一块碑，我承认了。这些事我是不大有意见的，但写好了一看，觉得可哀了。

颇有意兴的想到身世这个题目上面去。小毛驴一走一颠簸，赶驴子的一脸的土，很是诙谐的样子，自己便仿佛是"吉诃德先生"一流人物了。孟轲骂杨墨，"无父无君，是禽兽也"断章取义，我倒有点喜欢借用这一个批辞。我不知因为疲倦了的原故呢还是什么，对于人世间成立的关系，都颇漠漠然，惟独说不出道理的忠实于某一种工作。或者是忠实罢了，实在这两个字也用得我自己不大明白。但对于这一句话好像很明白："有杀身以成仁，无求生以害仁。"为什么想到这一句话？今之世其乱世乎？唉，这恐怕还是少年血气用事，莫以为得了意思才好。人何必要现得人类的野蛮呢？野蛮也要让他与我无关。这些话都跟着驴子跑起来了，原来我所分明的可怜我自己的是这一点：惟独当面对了死人，有时仅是一张照片，无论与我什么关系——死人呵，我又不胜惶恐了，生怕我有什么罪过似的，但我不能不天真的说，那一下子我简直的起了一个侥幸的心喜，"我不管了"，一个实实在在的意识。唉，原来我同人类是这样的共运命。

死人而已盖黄土者那又不然，于我的朋友更不相干，他是诗人，自有世界，自然应该疏远了。

本地女人驾驭的本领比我高明得多，她的驴本来在后面响铃，一下跑过我好远了。我看她自由自在，打坐而骑行，好不羡人。

我住的是横山南。所谓"山南山北"，大概就以横山为言。西山名胜都在山北，我却不要多走，讨厌那一块儿的人物摆布得如同电影上出现，因此便是卧佛寺之楸树，古树开花我所爱看的，也打断了探访的兴致了。邻居是一些满人，生活苦行为则大方，尤其是女人和姑娘们，见面同我招呼，那话就说得好。一天我向一位老太太打听："你们这儿还有那儿可玩么？""可玩的你都到过了，山北你又不去——实在没有那儿可玩。""昨天我跑到山顶上，望见东南一个很大的树林，是什么地方呢？""啊，你说的是王坟罢。"她思索了一会。

那必然是"王坟"，我乃徒步去看王坟了。首先夺目的是那树林的颜色，我没有见过这么样子的树，真是绿得醉人。但一点也不现得他浓艳，不，怎么想到这个字面上去，依然是叫人清明的，非一日之可几了，经历岁时的光芒。不是白杨，是什么树呢？我踟蹰于路上，遇见摇鼓卖糖果的，问他他说"小叶杨"。反正什么也罢，我今天能够站在这个树林底下了。

仰望许多叶子我歇息着，我不晓得要感激什么才好，这实在是一个恩惠。我又颇寂寂然，起来徘徊着走，这么一个深林里为什么不见一个人呢？我的意思是一个理想中人。我又实是不懂恋爱的。我的灵魂是多么崇高呵，这样我很自傲岸。

范围甚不小，有不少的陈迹，我都不喜欢查考，一迳去过桥，最前面一对石狮子，一架弓形的石桥。我是喜欢过桥的。可惜桥下无水流了。

是什么人呢，要在我们江南一定是放牛的小孩子淘气了，于一株盘根错节的松树之阴可以坐下两个人的长石头中央刻着棋盘，分明不是原来之物。仔细一看，这个棋盘讲究得很，或者世间有那样的高人也未可知。我不禁记起一句诗来了，"世间甲子须臾事，逢着仙人莫看棋"。生怕见笑于大方之家，只好掉头不顾的循了我的归途了。

有一个地方名叫小熊儿，名字殊不可解，离西山畜牧场不远。小熊儿的井泉据说最好，其实都是些穷朋友，朝不保夕的，三四里路之远也来挑他一担回去泡茶喝。我曾经在这井泉旁边坐过不少的时间的，银杏二株临其上，那是因为白日当天，走路走得热了，绕道去乘凉。但这个已经不是我的小熊儿了——小熊儿，莫非我真怀恋你么？

春天告诉我们要来，终于我不像看见了春天，此地的夏又来得太无情意了，明明牛山濯濯，几日的大雨，开窗一看，忽而草何深呢？然而已经够我欢喜了。我想小熊儿那里必定好玩，太阳落到山那边去了，我去逛小熊儿。宿雨初晴，一路上新鲜之气，一块小石头也自臭得出，山色如画，晚照宜人，在我简直是一种晨光，我不知从何而来，往何而去了。殊动了音乐之感，想那嵇康的顾日影而弹琴恐怕很有意思，那个音乐应该好听。小熊儿已经在望了，一条小径上蜒，草绿成波，到了顶上头才有那两棵大树，石头牌坊很是白，几步阶石好像草里头长的。这些我忽然都不见了，是那里来的一位姑娘肩上一担水踏了石阶下来。

唉，这难道是人间走路的样子？女人她的步态与腰身格外好看的，她的衣裳也无有不合身材的了，何况肩上挑了一担水。

我已到了这草坡的中途，只好拣了一块石头上坐下了。此刻回想起来，很是可怜，有似于罗丹的一座雕刻，那么的垂头枕肱，著地而想，不过实在没有思想，平白的飞不起一个没有翅膀的爱神罢了。她跃我而过，我未抬头。慢慢的我朝下望，她把她的担子放下了，那里聚着男女好几人，大概都是眼下那个村子里的。她同他们谈话，我听不见声音。我想她一偏头，始终只是头发看得分明。畜牧场的牛在路边放，一匹大弯角牛走近姑娘的水桶要喝水，她反跑开水桶好远了。并不真是怎么害怕，女人的最是美好的一种表现罢了，站在那里惊异的笑一声了。

我看着那牛越走越近，心里实在着急，仿佛世上的事都没有办法。后来那个放牛的一声喝，赶快几步来赶开，我是怎样的怅惘呵，为什么我没有做了这一个高贵的工作呢？

姑娘的后影草上不见了，转进那个村子里去了。

后来我什么时候走了，我不记得，但我总若置身在那个黄昏里，夜不曾袭来。

一九三〇年一月一十二日

原载1930年1月16日北平《华北日报副刊》第245号，

署名废名